李会诗 ◎ 著

莫将花月等闲看

秦淮女子的才情义

文化艺术出版社
Culture and Art Publishing House

图书在版编目（CIP）数据

莫将花月等闲看：秦淮女子的才情义 / 李会诗著.
—北京：文化艺术出版社，2019.1
ISBN 978-7-5039-6616-3

Ⅰ.①莫… Ⅱ.①李… Ⅲ.①随笔—作品集—中国—当代
Ⅳ.① I267.1

中国版本图书馆CIP数据核字(2018)第273283号

莫将花月等闲看
—— 秦淮女子的才情义

著　　者	李会诗	
责任编辑	梁一红	
封面设计	朗月行	
内文设计	麦莫瑞文化	
出版发行	文化藝術出版社	
地　　址	北京市东城区东四八条52号　（100700）	
网　　址	www.caaph.com	
电子邮箱	s@caaph.com	
电　　话	（010）84057666（总编室）84057667（办公室）	
	（010）84057696-84057699（发行部）	
传　　真	（010）84057660（总编室）84057670（办公室）	
	（010）84057690（发行部）	
经　　销	新华书店	
印　　刷	国英印务有限公司	
版　　次	2019年8月第1版	
印　　次	2019年8月第1次印刷	
印　　张	6.5	
字　　数	140千字	
开　　本	880毫米×1230毫米　1/32	
书　　号	ISBN 978-7-5039-6616-3	
定　　价	39.80元	

版权所有，侵权必究。如有印装错误，随时调换。

前言
斑斓旧事秦淮河

旧时的金陵，贡院与青楼盈盈一水，脉脉相隔。一边是求取功名利禄的学子，为的是出人头地，光宗耀祖；一边是胭脂水粉歌舞喧闹的欢场，为的是寻夫觅婿，嫁人从良。男人，通过地位和财富取得女人的青睐；女人，通过美貌和爱情求得生存的空间。说到底，这就是一场赤裸裸的交换。金陵城的秦淮河，正是将人生如此鲜明的诱惑摆在岁月的两边。穿梭其间的红男绿女，就这样自由地组合出无数的传说。

明朝末年，历史的天空风云变幻，王朝的大厦摇摇欲坠，秦淮河的柔波也开始荡漾出别样的况味。那些被秦淮河水滋养孕育的绮色佳人，被裹挟在历史的烽烟中残喘偷生，也因此有了与其他时代女子不同的精神风貌。

"秦淮八艳"本与其他朝代的歌伎差别不大,缱绻旖旎、风流快乐,先拿下男人的钱,再拿下男人的心。易求无价宝,难得有情郎。而期望通过婚姻摆脱出卖色相的风月场,似乎是历来青楼女子的最高诉求。但"秦淮八艳"的命运似乎又不止于此。

明朝的妓女都是在籍的贱民,她们是公共空间可以恣意掠夺的玩物,是能被随意转让和自由买卖的商品,是整个社会最底层、最没尊严的女人。所以,"嫁人从良"不但可以从贱民中脱籍获得自由,也是回归主流社会过上正常生活的唯一途径。

历史是残忍的。改朝换代的历史漩涡里,男人们尚且忙着保命、护家、升官、守财,到风月场不过是来寻开心,哪有闲工夫跟她们执手相看、泪眼婆娑?因此,即便她们貌美如花,才华横溢,也不得不面对大时代的危局,先保护自己在这兵荒马乱中生存下来。

但历史也是公平的。正是因为国家机器的松动,民间思想的活跃,"秦淮八艳"才得到了比同时代女子更多自由选择的权利和机会。她们用自己的才华、

前言
斑斓旧事秦淮河

智慧和勇气,衡量并筛选着恋爱的对象;她们以自己的政见、目光和理想,影响并感染着身边的男人。纵观历史,还没有哪个朝代的青楼女子能够跟名流雅士走得如此亲近,跟国家兴亡贴得如此紧密。

围绕在她们身边的男人非富即贵,一部分是宰相、尚书、国舅等当朝权贵;一部分是风流潇洒的公子、反清复明的志士。而她们,不过是一群经历坎坷、命途多舛、情路曲折的弱女子;是离乱时代的浪潮里最容易被淹没的无声的"浪花"。但正是这些卑微的女子,她们面对生活时的勇敢,面对幸福时的执着,面对历史变局时的智慧,面对国破家亡时的风骨,都是其他时代女子所不能及的。很多同代男子,甚至她们的爱人,都在她们的光芒下,显出其自私、虚伪与懦弱。她们积极地参与到政治生活中,并从灰暗的时代中袅娜地跳出来,是颓废的大明王朝中最后几抹亮色。

无一例外,"秦淮八艳"都是才貌双全的女子,很多人的书法、绘画和文学作品,已被载入史册,存入博物馆。艺术的细胞以不同的形态在她们身上显

现,艺术的光芒遮盖了她们原本最卑微、下贱的身份。她们从花街柳巷中来,慢慢走入历史文化的长廊,她们是历代少有的能摆脱身份地位束缚而以独立的人格和形象留名于后世的女人。她们生前都是传奇,身后便成了传说。

关于传说,其实大抵都有这样的特征:一是真的存在过;二是谁都没见过。那么不如就趁这个机会,理一理那段千头万绪的历史,读一读那些跌宕起伏的故事,随着她们的脚步,再次轻轻迈入明末清初的历史迷雾,见证一番秦淮河里流淌着的斑斓旧事。

目录

01　马湘兰（1548—1604）：通身傲骨透奇香 / 1

美人如花 / 3

爱情往事 / 7

光阴的故事 / 12

香消魂断秦淮河 / 16

02　柳如是（1618—1664）：心有猛虎嗅蔷薇 / 23

如花娇女初长成 / 25

同心终异路 / 27

所谓风流 / 31

深情恰似浮云 / 33

桃花得气美人中 / 37

老夫少妻 / 41

历史大变局 / 47

白首红颜誓同心 / 50

以身殉情，以命护家 / 54

顾横波（1619—1664）：且将风光换荣光 / 59

山是眉峰聚，水是眼波横 / 61

销金窟里埋情史 / 64

嫁对人，也要嫁贵人 / 70

天荒地老相依偎 / 75

秦淮第一夫人 / 79

卞玉京（1623—1665）：一见钟情误此生 / 85

聊将锦瑟送流年 / 87

初见倾心 / 91

往事付与红尘 / 95

董小宛（1624—1651）：一生爱你千百回 / 99

从秦淮名妓到一代宠妃 / 101

醉仙女误入凡心 / 105

名妓求爱路 / 110

新婚即是新生 / 114

江南第一名厨 / 117

愿以此生祭钟情 / 121

06　李香君（1624—1652？）：千秋气义耀群芳 / 125

桃花扇底是传奇 / 127

花魁李香君 / 129

相识相爱，豆蔻年华 / 134

血溅媚香楼 / 140

断简残篇问迷踪 / 143

群艳之首 / 145

07　寇白门（1624—1654？）：何妨珠光含剑气 / 151

富贵新婚动金陵 / 153

侠女夜奔 / 158

死比生更传奇 / 161

08　陈圆圆（1623—1695）：乱世红颜垂千古 / 167

艳若天人，观者断魂 / 169

两次许婚未成婚 / 172

笼中鸟的忧伤 / 175

遇到真情郎 / 178

大历史与小女人 / 183

盛名永流芳 / 188

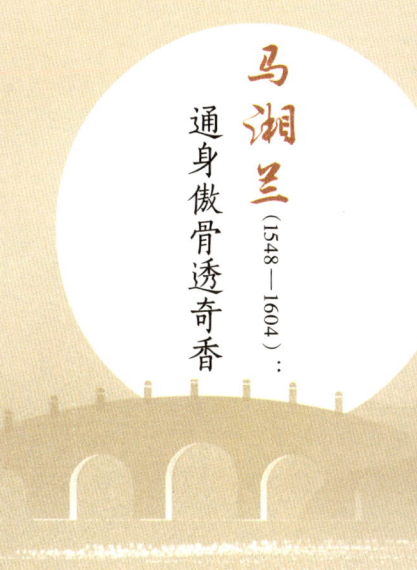

马湘兰（1548—1604）：
通身傲骨透奇香

美人如花

适逢嘉靖年间,海宇清谧,金陵一带最是富庶。秦淮河畔,商贾云集,红粉飘飘,游船如织,才子佳人更是络绎不绝。在这喧嚣热闹、变幻莫测的秦淮风尘里,有着颇多色艺绝佳的歌伎,其中最著名的便数"金陵十二钗"。这马湘兰,便是其一。

马湘兰生于明嘉靖二十七年(1548年),本名马守真,字月娇。相传,她曾是官宦人家的小姐,不知何种变故,最后竟流落到青楼。不过,到底是什么缘故,似乎并不是男人们所关心的内容;家底清白,才貌双全,少年成名,名冠秦淮,单是这几条,就足以为这个女人增加几分诱人的神秘了。

史载,马湘兰"高情逸韵,濯濯如春柳闻莺,吐辞流盼,巧伺人意"。这几句从历史粉墙上剥下来的碎屑,虽然没有写她如何貌美如花,却将其清高出尘、落落大方的气质,描摹得栩栩如生。有时候,漂亮固然是上天对女人的嘉奖,但智慧又何尝不是命运的一种恩赐。尤其是在这氤氲梦幻的秦淮河上,在日复一日的迎来送往中,

短暂欢愉后的淘汰,似乎比任何地方都来得迅速而冷酷。胭脂水粉,佳丽辈出,很多名妓还未站稳脚跟,便已经被更为鲜嫩的女子所挤走。秦淮风月场,舞台虽大,能立于不败之地的却并不多。而马湘兰,不但红遍秦淮,竟能在这瞬息万变的时空下,独领风骚几十年,终究还是不俗的。

据说有一次,马湘兰身边的丫鬟在收拾东西时失手打碎了一个很名贵的簪子,吓得浑身哆嗦,知道自己一辈子的工钱都赔不起这簪子。结果,马湘兰不但没有责罚下人,还淡淡一笑,满不在乎地说了句:"这声音真好听!"其旷达豪迈,可见一斑。

不仅如此,马湘兰还喜欢解急救困。如果是哪家的公子一时囊中羞涩,而她恰好又觉得与此人趣味相投,有时候不但不收银两,还挥金如土,以金银相赠,送有志少年求学赴考,颇具侠义之风。

彼时的马湘兰声华日盛、艳名远播,却心性高洁,志存高远。一方面,金陵城内的男子,不管是游手好闲的公子哥儿,还是寻常人家的浪荡儿,但凡走马章台之辈,寻花问柳之人,皆以不认识马湘兰为耻辱。可另一方面,马湘兰却不是谁都能见到的。她喜欢交往文人雅士,共谈诗词书画;所以那些面目可憎、言语乏味的人,即便身家显赫,也未必能求得一见,因此驳了多少面子,得罪了多少男人,恐怕连她自己也不知道。多年之后,她被这骄傲所累,也是当日没能料到的。

如果命运的暗门没有在某个时刻被幸福地推开,也许马湘兰的生活和其他同代姐妹也不会有什么不同。不外乎就是:遇到真情郎,

出嫁又从良。但那扇虚掩的门终于还是被推开了,她幸运地遇见了爱情。

让马湘兰一见钟情的男人,名叫王稚登。王稚登,字百谷,是苏州的名士,《明史》里有他的传记,说他四岁能对联,六岁能写大字,十岁能吟诗作赋。嘉靖末年,曾入太学学习,万历年间奉召编修国史,文采非常好,号称"文徵明第二"。可惜王稚登文采虽好但官运不好,受人牵连不得重用,做官没几年便辞官不做了。彼时的王稚登心绪不佳,所以沿途散心解闷,准备回家打发日子了事。结果,他路过金陵巧遇马湘兰,为其才情所深深打动,从此引为知己。

马湘兰其人,在秦淮八艳里不是最有名气的,也不是最漂亮的,但她是艺术家气质最浓郁的。她生性爱兰,为自己取名"湘兰",自号"湘兰子"。王稚登曾为马湘兰的诗集作序说,"有美人,问姓则千金市燕之骏,托名则九畹湘兰之草"。在古典文学意象中,"兰"乃花中君子,既包含了男子间"义结金兰"的刚烈爽快,也兼具了女子"空谷幽兰"的柔媚静雅。马湘兰性格旷达,为人仗义疏财,且被时人誉为"秦淮四美人",可说是兼具了男人的豪爽与女人的娇美,所以她为自己取字为"兰",当真是恰到好处。

马湘兰不仅爱兰,而且种兰,所住之处,里里外外种满了兰花。秦淮名妓很多都有专属于自己的居所,李香君有"媚香楼",顾横波有"迷楼",听起来多少都有几分销魂的味道。而马湘兰的住处,却叫"幽兰馆"。芝兰之室,久住而香,主人的情趣与风雅也在不经意间悄悄泄露。

马湘兰不但爱兰,种兰,而且还喜欢画兰。秦淮八艳里面,很多人都非常喜欢画兰,比如卞玉京、顾横波、寇白门。画兰在她们的文化生活中是一项别有意蕴的行为。这些为生存所迫沦落风尘的女子,心里始终存着"从良"的愿望。在她们眼里,这花街柳巷恍如世间的污泥浊水,唯有保持高洁的心性才能不被环境所污染,静待良人的到来。所以,她们笔下的兰花不仅是心性高洁的代表,也是通往幸福生活的洁白方向。而在这些画兰的女子中,马湘兰的画艺是最好的。时至今日,故宫博物院、日本东京博物馆等海内外馆藏品中,马湘兰的《墨兰图》都被视为珍品。

更绝的是,马湘兰不仅是一位画家,而且是一位诗人。当然,她最喜欢写的就是歌颂兰花的诗,有时候还会将之题写在自己的绘画作品上。她有一首《咏兰诗》最为著名:"空谷幽兰独自香,任凭蝶妒与蜂狂。兰心似水全无俗,信是人间第一芳。"此诗一开篇就抒发了作者"空谷幽兰"的理想与淡泊浮名的生活态度。接下来的"兰心似水"是蔑视世俗的一句宣言,而最后的"人间第一芳"才是作者真正想要表达的高洁志趣。

就是这样一个清高孤傲的马湘兰,如幽兰馆内静静绽放的兰花,如远离喧嚣清淡娴雅的艺术家,默默地守候着恬静的生活,也等待着爱情的降临。

这一刻,在青春将逝的时候,终于被她等到了。

马湘兰与王稚登初次相会的时候,幽兰馆外,阳光明媚,花香四溢。馆内佳人清幽秀丽,高洁淡雅。环顾四周,墙上挂的是马

湘兰亲手画的姿态各异的兰花图,整个闺房恍如她的私家画廊,兰花的清幽在周围暗香浮动。置身其中,整个人顿觉身心明澈,形神俱爽。

此情此景,一个是沦落风尘的女人,却是惊世罕见的才女;一个是风流失意的男人,却是备受推崇的才子。金风玉露一相逢,今生的故事就此开始。

爱情往事

马湘兰和王稚登的故事基本遵循了知识分子间的爱情模式:诗词唱和,书画传情。

传统爱情在表达感情方式上确实有许多笨拙的地方,但细细想来,这种含蓄婉转的暗示却是对爱情的保护和彼此的尊重。在没有确定对方心思的时候贸然表白,有时候会让双方都陷入尴尬的境地,搞不好,关系闹僵还可能会失去一个朋友。而且在古代,"私定终身"这种事情是能够获得普遍肯定和认可的,所以定情诗和定情物就成了文人间表情达爱的首选。尤其对艺术家们来说,这种表达更是对感情的锦上添花。

据说有一次,王稚登来马湘兰处作画,马湘兰画了自己最拿手的叶兰图,一枝斜叶托着一朵孤寂的兰花。画好之后,马湘兰在上面题了一首诗:"一叶幽兰一箭花,孤单谁惜在天涯。自从写入银笺里,不怕风寒雨又斜。"这首诗的意思非常明显,说的是自己像幽兰

马湘兰绘

一样孤单地漂泊在天涯,无人怜惜。但是自从认识了王稚登,从此便不再害怕凄风苦雨的世界了。言外之意,此生已寻到了能托付终身之人。虽然王稚登对此没有什么明确的答复,但可以肯定的是,他当年也委婉地表达过对马湘兰的倾慕。

马湘兰手里有一方印章和一块歙砚,这两个物件她最为珍视,因为都是王稚登送给她的。印章是万历初年送的,上面刻了四个字"听鹂深处"。印的边款是著名篆刻家何震刻的一行字"王百谷兄索篆赠湘兰仙史,何震"。另外,那块珍贵的歙砚更让马湘兰爱不释手,她干脆在砚的反面刻了一段铭文,"百谷之品,天生妙质。伊以惠我,长居兰室"。前八个字是用老子的那句"江海之所以能为百谷王者",来赞美王稚登的谦逊和胸怀,而后八个字,是马湘兰自己的一种期待。

当然,如果只是喝喝茶、聊聊天,马湘兰的爱情会单纯很多,也轻松很多。可人生远比爱情复杂。

据钱谦益《列朝诗集小传》记载,马湘兰当时红透秦淮,所以就常有人跑来敲竹杠。有一次地痞流氓来闹事,恰好王稚登路过,救了马湘兰。这件事在王稚登写的《马姬传》中也有回忆:"余适过其家,姬披发徒跣,目哭皆肿。"马湘兰披头散发,眼睛都哭肿了的时候,王稚登适时地出现在了她的门前。自己的红颜知己哭得梨花带雨楚楚可怜,王稚登的英雄气概不觉油然而生,于是动用关系居中调停,救下马湘兰。马湘兰非常感激王稚登,不仅如此,她还提出愿意"以身相许",报答王稚登。

马湘兰能够生出这样的想法很合情理。自古以来,"英雄救美女,美女爱英雄"似乎和打雷下雨、吃饭睡觉一样天经地义。何况,他们之前已经视对方为知己,马湘兰提出这样的请求,在心里也是权衡过的。

但王稚登拒绝了马湘兰的好意。他的理由非常冠冕堂皇,他说自己不过是顺手帮了个小忙,如果就此得了这样好的佳丽,这不是趁人之危吗?那么我和那些陷你于困境的人还有什么区别呢?如果古代的侠客知道我有这样的行为,还不一刀刺死我啊?!马湘兰听后,自觉寸寸柔肠郁结难解,但又找不到更好的理由来反驳王稚登。此事过后,便做云淡风轻状,只当自己什么都没有说过就好了,谁让自己福薄命浅呢?

对此,王稚登盛赞马湘兰与自己心心相印,不像其他人那样,谈不拢就要翻脸。但实际上,王稚登的心里另有打算。他虽然现在赋闲在外,但自恃才高,心里总盘算着回去当官,所以很怕万一纳了妓女为妾会影响自己的名声。男人通常如此,即便他再爱这个女人,也不想因为她而影响自己的仕途。尤其是王稚登对马湘兰的感情,倾慕有些,敬重有些,但说到爱,似乎总觉得太隆重了些。

从此,时光蹁跹,二人都再也没有提过婚嫁之事。

事情再次有了转机是在不久之后的一天。王稚登心想事成,受人举荐再次入朝为官。此时的王稚登春风得意,心花怒放,觉得自己这次一定能够大有作为,所以心情非常好,与马湘兰的感情也有了进一步的发展。情到浓时,给马湘兰一些关于婚嫁的暗示,也是

大有可能的。因为在他走后,马湘兰竟然收拾东西,闭门谢客,苦等王稚登。她必须要让他知道自己的决心,知道自己不是水性杨花的女人,知道自己愿意为了团圆美满的婚姻放下自我,步步退让。

此后,漫长的相思与等待,充满了马湘兰的青春。那时的马湘兰,已经年近三十,却如初恋的少女般满怀着柔情。春水荡漾,秋水望穿,寒来暑往中,虽然没有情郎的消息,却无法阻止她的思念。想得深了,想得痛了,就写诗画兰聊以自慰。于是,便有了那首著名的《秋闺曲》:

芙蓉露冷月微微,小陪风清鸿雁飞。
闻道玉门千万里,秋深何处寄寒衣。

就在马湘兰惦记王稚登饮食起居是否安好的时候,终于得到了王稚登的消息。原来,王稚登上京做官并不顺利,受到宰相徐阶门下文人的排挤,勉强挨了些日子,就收拾东西回到了吴门(今苏州)。

得知王稚登铩羽而归的消息后,马湘兰在没有收到任何邀请的情况下,只身奔赴苏州,安慰王稚登受伤落寞的心。别后依依,情深款款,再度重逢的二人互诉离情,畅叙心曲。于是,马湘兰以后每隔一段时间便来苏州住些日子,二人以兄妹相称,继续保持着亲密的交往,但始终没有达到谈婚论嫁的程度。

马湘兰一直在等待,等着王稚登某一天点头应允娶她过门。她就这样一直等一直等,等了足足三十年。

莫将花月等闲看

 光阴的故事

这个世界上,能够绵延不断又让人浑然不觉的大概只有两种事物:一是如水的时间,二是如水的情思。三十年来,这两样东西都在马湘兰的身边悄悄流过。三十年间,马湘兰鸿雁传书,给王稚登写了无数封情真意切的书信。

钱谦益在《列朝诗集小传》中也提到了这些信,"蝇头写怨,而览者心结;鱼腹缄情,而闻者神飞。"这些信,句句叮咛,字字温暖,看似都是极普通的家常话,读来却感人肺腑,催人泪下。如果说爱一个人非要低到尘埃里,那么马湘兰的爱,已将自己置于尘埃之下了。

现从《马湘兰手书致王百谷八札》选录部分文字:

> 十年心事,竟不能控,此别更不知相逢于何日也。自做小袋一件、绉纱汗巾一方、小翠二枝、火燻一只、酱菜一盒奉上。又乌金扣十付,致夫人。又兰花一卷,匆匆不堪,俟便再从容图一卷寄上。不尽之情,惟君亮之亮之。途中酷暑,千万保重,以慰鄙怀。(《昨事恼怀帖》)

> 捧读手书,恨不能插翅与君一面,其如心迹相违,徒托诸空言而已。良宵夜月,不审何日方得倾倒,令人念甚念甚。即欲买舸过君斋中,把酒论心,欢娱灯下,奈暑甚,

难以动履,又不能遂此衷。薄命如此,恐终不能如愿也。(《准游吴中帖》)

久疏问候,情殊歉然,相爱如君,定能心照之也。……遥想丰神,望之如渴,心事万种,笔不能尽,谅罗居士口详之也。会晤无期,临书凄咽,惟心照。(《大房被害帖》)

另有《惠兰帖》《苦雨帖》《玉诺帖》《握手论心帖》《文驾帖》等五封书信,绵绵絮语,多是叮嘱王稚登注意身体,表达无缘相见的遗憾,或者直陈自己的相思之情。最令人心酸的是,马湘兰将自己的生活事无巨细地告诉王稚登,告诉他发生在自己身上的每一件事,生怕他错过了自己人生中的每场春花秋月。她不但爱着王稚登,还很尊敬他的夫人。她寄去的东西,从金丝纽扣到烟熏酱菜,从诗词书画到衣衫汗巾,周全而又得体地照顾到王稚登及其家人的生活。她的心里始终在隐隐地期待着一些事情的发生:如果有一天两个人见了面,说不定彼此的关系会有新的转机。

可惜的是,三十年中,他们像飘来荡去的秋千,在那么近的时空里,竟屡次擦肩而过,不能不说是马湘兰一生的遗憾。就连王稚登也感叹说:"姬与余有吴门烟月之期,几三十载未偿。"

好在,虽然马湘兰一生痴恋王稚登而不可得,但她自身所散发的魅力却丝毫不受损伤,爱她的粉丝始终络绎不绝。

马湘兰年轻时虽身处青楼,但才华横溢,清高孤傲,多凭自己

喜好结交名士。所以，当时拒绝了很多想来见面的人。其中有一个是孝廉，被马湘兰拒绝后，非常不快，怀恨在心。结果后来发迹，不但中了进士，还做了礼部主事，于是便来找马湘兰的麻烦。他把马湘兰逮到公堂上奚落一番："久仰大名，今日一见不过如此，想来当日也只是虚名。"马湘兰一见是他，冷冷一笑，淡淡地说："就是因为当日的虚名，才惹下了今天的祸乱。"此人听后大笑，很是佩服马湘兰的气魄，自己也已经达到一睹佳人风采的目的，便不好意思再追究下去，只好乖乖地放了马湘兰。所以说，马湘兰这个人能够得到大家的爱慕，除了自身的美貌外，与她本身的智慧和勇敢也是分不开的。

传说，由于马湘兰的画艺声名远扬，所以有一次魏忠贤派人来"求画"。说是求画，马湘兰却不敢不画，自己一介弱质女流，魏忠贤位高权重，怎么也不敢公开和他作对。但是，马湘兰又不肯轻易屈服，于是她想出了一个办法。对于太监来说，最忌讳的就是"臊"字。所以，马湘兰用小便和墨，来给魏忠贤作画。画刚拿回去的时候，墨香遮住了尿骚味，但是过了几天，墨香散去之后，整幅画就散发出腥臊味来。但是，魏忠贤已经闻得习惯了，所以浑然不觉。每每有人到访，他就会把人家领到画前品评一番。客人被熏得屏息闭气却不敢直言，还得跟着附和，不断夸赞果然是一幅佳作。魏忠贤听后更加心花怒放。有此传说后，马湘兰在名流志士心中的地位就更高了。

不过，别看马湘兰平日里豪爽、孤傲，还带着几分调皮；但在爱情上，终究还是有着女人平凡而细腻的感情。比如，她和乌阳少年的恋爱，就是当时轰动一时的新闻。

那年，马湘兰已经有五十岁了，但风姿容貌不减当年。有一个乌阳少年，年龄还不到马湘兰的一半，一直非常爱慕马湘兰，所以想方设法留在她家里不肯走。结果正赶上有人来马湘兰这里敲诈，少年想都没想，出去就给了人家三百缗。马湘兰本就有几分侠气，看到少年也这样义气，所以就很喜欢这个乌阳少年。

马湘兰原本以为两个人年龄代沟差距很大，日子久了，等少年厌倦了，就会离开她的。不料想，那个乌阳少年岁月漫长情更长，日日待她如新妇，不但没有离开的意思，而且还欲结伉俪。马湘兰虽然人

在青楼，也很向往自由，但她实在不忍心耽误这个少年，所以就赶他走。"我门前车马如此，嫁商人且不堪。外闻以我私卿，犹卖珠儿绝倒不已。宁有半百青楼人，才执箕帚作新妇耶？"马湘兰的意思是，我这么大岁数，嫁给商人尚且不堪，难道半百青楼女，还要去给你做新媳妇吗？少年初听时并无去意，后来马湘兰没办法，偷偷把少年的老师请来，这才责令少年快快离开。

马湘兰不是不想从良嫁人。虽说她平时挥金如土，出手阔绰，积蓄不多；但以她艳冠秦淮几十年的风姿，如果想要赎身的话，也绝非难事。何况，迷恋她的人群中，有发迹的官员，青涩的少年，如果她愿意嫁人，应该并不算困难。

很显然，影响马湘兰赎身的原因，除了上述两点外，还有其他一些因素。其中最重要的就是王稚登。

香消魂断秦淮河

马湘兰与王稚登鸿雁传书三十年，虽然始终没能嫁给王稚登，但她心里也没办法对王稚登忘情。直到马湘兰五十七岁的时候，才终于达成了他们的"吴门烟月"之约。此时，距离他们上一次见面也已经隔了整整十六年。

那一年，适逢王稚登七十大寿。马湘兰买楼船，载婵娟，率秦淮歌伎们赶往苏州飞絮园为王稚登贺寿。"残脂剩粉，香溢锦帆，泾水弥，月姻煴，自夫差以来所未有。吴儿啧啧夸盛事，倾动一时。"

马湘兰绘

马湘兰不顾年迈体弱,通宵达旦,歌舞欢庆。她知道二人都到了这个年岁,以后再见的机会就更少了,所以颇有点儿拼了老命的意思。此番情义,王稚登心里也是清楚的。所以,二人临别都有些依依不舍。

本来,马湘兰和王稚登间的知己关系一直比较暧昧,属于现代人常说的第四类感情:比爱情浅一点,比友情深一点。拥有这类感情的人,进可攻,退可守,不远不近,亦不尴尬。马湘兰此行,觉得自己的爱情故事也算就此完结,心里有很多不舍。而王稚登心里也是此起彼伏,感慨万千。这一生,几十年的时光倏忽而去,多少年轻时的承诺,如今看来都无法兑现了。他望着马湘兰,心里忽然涌起一些情愫。

距离上次见面,已经隔了整整十六年,但五十七岁的马湘兰仍然让人颇为心动。王稚登在《马姬传》中说马湘兰"容华虽小减于昔,而风情意气如故。唇膏面药,香泽不去手,发如云,犹然委地"。也就是说,马湘兰比十六年前,虽然容貌有了些变化,但变化很小,而且手浸香泽,发黑如云,举手投足间风情万种,意气如初。

马湘兰年过半百仍然能吸引青春少年,在秦淮河打拼几十年,五十多岁还能率领年轻的姑娘们歌舞欢场,估计她确是驻颜有术。再加上她本来就属于气质型美女,岁月的折损并不严重,所以,即便年近花甲,看起来依然让人心驰神往。王稚登望着马湘兰的时候,心里忽然起了些情愫,于是便开了个玩笑:"卿鸡皮三少若夏姬,惜

余不能为申公巫臣耳。"

这个玩笑有点开过头了。夏姬是春秋时期的女子,传说中她驻颜有术,肌肤胜雪,双眸似水,四十岁时看起来仿若十八少女。但是,她生性风骚,行为放荡,被后世评为史上最淫乱的女人之一。那么,此时此刻的王稚登,除了要夸赞马湘兰保养得当外,是不是还有其他的言外之意呢?

王稚登本意是否真想讽刺马湘兰并不重要,重要的是马湘兰听出了他言语间的轻佻。马湘兰一生多情而敏感,痴情又骄傲,万万没有料到,自己在王稚登的心里竟然是这样的形象。三十年的爱情,云烟过眼,换来的只是他的一个嘲笑。

马湘兰没有说话,她轻轻地笑了笑。王稚登更得意了,他觉得这个笑话讲得实在是恰到好处。

欢宴过后,马湘兰率姐妹们回到了秦淮。连日的操劳与疲惫早就让这个年近花甲的女人吃不消了,更何况精神上还受了刺激,所以心力交瘁,从此一病不起。忽有一日,她感到自己大限将至,故焚香沐浴,于幽兰馆内虔诚礼佛,后竟端坐而逝,悄悄地走完了自己的一生。

据《秦淮闻见录》载:"江宁南城外瑞相院后丛竹中,为马湘兰墓。"(瑞相院在清代更名为碧峰寺)马湘兰的旧居也被改为佛庵。相传,马湘兰临终前嘱咐身边的人,要在她坟前摆满兰花,好让她死后也能沉浸在熟悉的幽香中。

八年之后,王稚登才惊闻马湘兰已经过世的消息,哀情大恸,

马湘兰：
通身傲骨透奇香

赋诗云："歌舞当年第一流，姓名赢得满青楼。多情未了身先死，化作芙蓉也并头。"那些当年吝啬讲出的情话，如今都倾泻而出，荡胸而起。可能是哀伤过度，不久之后，王稚登也去世了。留在世上的唯有马湘兰题在《墨兰图》上的诗句了：

> 何处风来气似兰，帘前小立耐春寒。
> 囊空难向街头买，自写幽香纸上看。
> 偶然拈笔写幽姿，付与何人解护持？
> 一到移根须自惜，出山难比在山时。

马湘兰才华横溢，情真意切，却一生坎坷，因花成谶，最后竟如笔下的叶兰般无所依托，孤老而死，着实令闻者心酸。但转念一想，对于马湘兰这样的女人来说，即便没有王百谷，也一定会出现一个张百谷或者李百谷。不然的话，她那繁华璀璨、可歌可泣的一生岂不是显得太寂寞了吗？

马湘兰是"秦淮八艳"里面唯一生在金陵，活在金陵，死在金陵，并葬在金陵的人。她是"八艳"里面最具艺术气质的女人，也是"八艳"中唯一没有嫁过人的女人。

柳如是（1618—1664）：心有猛虎嗅蔷薇

如花娇女初长成

明天启五年(1625年),一对夫妻因生活窘迫,将八岁的女儿杨爱卖到了吴江镇的妓院。名妓徐佛见这女孩儿长得异常灵秀,便买下来做"瘦马"。所谓"养瘦马",就是从穷人家里买下漂亮的女孩子,然后放在身边教以琴棋书画,歌舞刺绣,提高其文艺修养和声色技能,让她们慢慢升值,直到能够转手高价卖给达官显贵做婢女或侍妾。通俗地说,徐佛属于歌伎行业的中间商,低价购买,全面培训,重新包装,高价出售。而杨爱便是这样一匹被选中的"瘦马"。徐佛对她的美丽与聪明都很喜欢,唯一不太满意的是,觉得"杨爱"这名字太俗气,于是便给她改了艺名,叫"朝云"。天启七年(1627年),朝云破茧成蝶,已经出落得分外标致。

同年,当朝宰相周道登以礼部尚书身份入内阁议事。他怕自己的母亲寂寞,所以打算买个侍婢陪母亲解闷,挑来选去就看中了徐佛家的朝云。周道登从玉溪诗中择了两句"对影闻声已可怜,玉池荷叶正田田",将"朝云"的名字改为"影怜"。小影怜从此成了老夫人的贴身小婢。又过了两年，周道登知道国家大势已去，以养病为由辞官，回家读书自娱。此时，影怜已亭亭玉立，变成一位清秀的美少女了。周道登虽年过花甲，但色心不死，硬是从母亲那里把影怜要过来给自己当了侍妾。

《明史》里有关于周道登为官的记载，说的都是他尸位素餐、贻人笑柄的糗事。但周道登毕竟当过宰相，即便才不压人，但文史功底极好，至少做小影怜的启蒙老师还是绰绰有余的。日后，这姑娘常常被夸赞"提笔有虞褚之风，吟诗得盛唐之遗"，其实也得益于良好的启蒙教育。当然，她成年后"冠插雉羽"，经常扮公子哥儿跟男人们平起平坐，骄傲放诞，也是从这时开始的。

周道登府里妻妾不少，但小影怜最为受宠。一方面，周道登日暮西山，在岁月流逝的无奈里，小影怜身上所体现出的蓬勃旺盛的生命力，正是他渴望接近并试图拥有的。另一方面，影怜确实聪明过人，捧在手里像一块温润的碧玉，越是琢磨就越见其纯净通透，学起东西更是举一反三，进步神速。所以，周道登常常将影怜"抱置膝上，教以文墨"，如师如父，倍加珍爱。

影怜就这样在周道登的宠爱下快乐并有恃无恐地成长起来，她是周老爷的掌上珠、心头爱，所以她无法无天，为所欲为，完全不顾礼数，经常无意中闯祸还不自知。反正在周道登慈爱目光的笼罩下，没有人敢对影怜有丝毫的怠慢或指责。据说一个人对世界的看法来源于童年的遭遇。对于影怜来说，骨肉分离与卖入风尘都是酸楚的回忆；但好在有周道登护着她成长，让她过了几年无忧无虑的任性生活，奠定

柳如是：
心有猛虎嗅蔷薇

了她诗书文墨的修养，也培养了她刚烈勇敢的个性。

可惜好景不长，影怜长到十四岁的时候，周道登就过世了。老爷子一死，妻妾们便将几年来压抑在心头的怒火一股脑地喷射到影怜的身上。于是有人诬陷影怜，说她曾经和府里小厮有染，早就坏了家里的规矩，给老爷戴了绿帽子，应该乱棍打死她。周府妻妾成群，她们七嘴八舌地告状，弄得周夫人也有几分相信了。

影怜最终没有被打死，据说是周老夫人出面干涉的结果。影怜曾给周道登的母亲做过贴身侍婢，老夫人非常喜欢她，实在不忍心她被活活打死，于是出面调解，只是从轻发落，将影怜逐出周府，卖到娼门。

崇祯四年（1631年），十四岁的影怜再入风尘。她想到自己的人生几次改名易姓却都身不由己，索性这次便自己做主，以柳代杨，改名柳隐。并从辛弃疾《贺新郎》"我见青山多妩媚，料青山见我应如是"句中，取字"如是"。以后，朝云也好，影怜也罢，都与这个"柳如是"无关了。从此，她要握住命运的缰绳，做主自己的人生了。

同心终异路

再入风尘的柳如是，因为曾在相府为妾，加上才貌双全，气质脱俗，所以身价倍增，很多人慕名前来，只为见她一面。但柳如是知道身在娼门风雨飘摇，这些灯红酒绿都是靠不住的，她必须择良婿选佳偶，早日脱离这梦幻泡影般的生活。柳如是与董小宛、陈圆圆等人

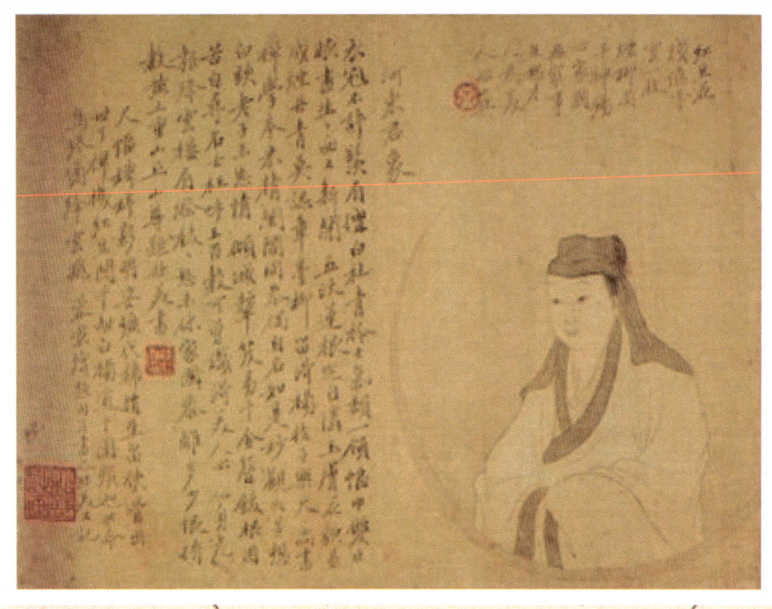

不同,她才华横溢,心气极高,想找个年龄相仿、品貌相当的人做丈夫。于是,她想到了一个人。

当年柳如是还在周府时,此人曾来拜见周道登。周道登重病在身,所以只能与来客在榻前议论时政,聊到国势日下山河衰微,周老长吁短叹,青年慷慨激昂。柳如是冷眼旁观,觉得此人也算是个英雄。

当然,这样一位容颜娇俏、气宇轩昂,偶尔还能在议论国事时插上几句的姑娘,自然也引起了来客的注意。两个人年貌相当,彼此吸引,总能找到些机会互相切磋。聊了几次之后,青年对柳如是印象极佳,知道她不但貌美才高,而且有胆有识,所以非常欣赏柳如是。临走时,他写了首诗赠给柳如是,颇有点缠绵之情。情缘在前,

柳如是：
心有猛虎嗅蔷薇

于是柳如是在离开周家后便想到了此人。

崇祯五年(1632年)，十五岁的柳如是登门拜访，来找"意中人"陈子龙。

陈子龙，字卧子，是明末著名文学组织"几社"中的领军人物，也是当时文坛上数一数二的才子。他关心国事，政治上很有理想。

柳如是到了松江后，女扮男装，递名帖给陈子龙，上书"女弟柳如是"。两人一见，陈子龙心中一动：这不是当年的影怜吗？柳如是心中也一惊：原来陈子龙已经娶妻在前，自己只能做妾了。

有一种说法是陈子龙并没有娶柳如是过门，只是背着家人买了一座小红楼，跟柳如是同居在一起，柳如是将此楼命名为"鸳鸯楼"。住在这里的几年，柳如是写了很多桃红柳绿、斜风细雨、春愁秋怨、离合悲欢的词。比如，陈子龙离开她的时候，柳如是写的词感慨"人去也"；陈子龙陪伴她的时候，柳如是的词起笔便是"人何在"。后来，这些词结集成《鸳鸯楼词》。那段岁月里，他们大部分时间都形影不离、恩爱相随。

在这期间，陈子龙也写了一首脍炙人口的诗《春日早起》："独起凭栏对晓风，满溪春水小桥东。始知昨夜红楼梦，身在桃花万树中。"据说，《红楼梦》之名正是得出此诗。后来，陈子龙的夫人带着家丁过来寻事，大闹鸳鸯楼，逼柳如是与陈子龙分手。

另有说法认为柳如是嫁给陈子龙后，便和他住在陈家。陈子龙的原配张氏出身较高，陈子龙虽有才华，毕竟出身寒门，柳如是来自娼门，地位更低。陈柳二人才华相当，倾心相爱，每日在家中诗词唱

和,琴书自娱。这种家庭组合中,张氏看他们整天卿卿我我肯定非常不悦,而陈子龙与柳如是为了家庭和睦自然也要忍气吞声。

事情到了崇祯六年(1633年)有了转机。那一年,胸怀天下的陈子龙打算进京赶考,而颇有几分侠义和胆识的柳如是也非常支持。二人依依惜别,款款情深。柳如是写了两首《送别》给陈子龙。其一是:

念子久无际,兼时离思侵。不自识愁量,何期得澹心。
要语临歧发,行波托体沈。从今互为意,结想自然深。

其二是:

大道固绵丽,郁为共一身。言时宜不尽,别绪岂成真。
众草欣有在,高木何须因。纷纷多远思,游侠几时沦。

陈子龙也写了诗留给柳如是:"所思日遥远,形影互相悲。""同心多异路,永为皓首期。"两个人都充分表达了不离不弃,生死相随的决心。

送走了陈子龙之后,柳如是在陈家的日子就更不好过了。张氏处处刁难,柳如是个性太强,又不谙相处之道,所以处处受到排挤,心里暗暗叫苦,只能盼着陈子龙高中后早些回来。

不料,才华出众的陈子龙竟然不幸落第。陈子龙备受打击,决定继续考,什么时候考上了什么时候再回家。这可苦了柳如是,她

柳如是：
心有猛虎嗅蔷薇

一封封家书催促陈子龙赶快回来，一切从长计议，但陈子龙不甘心，非要考出个功名才肯罢休。

柳如是长日漫漫，百无聊赖只能弹琴解闷。结果张氏奚落她说，这里不是青楼，你耐不住寂寞的话，可以回去。柳如是实在受不了这等侮辱，想到陈子龙丢下自己只顾前途，真是又气又恨，索性收拾东西昂首阔步走出宅院。

崇祯八年（1635年），十八岁的柳如是离开陈家，第三次堕入娼门。

所谓风流

陈子龙那样的高才雅士很容易被科举埋没，而柳如是这样才貌双绝的佳人，在风月场却是屡战屡胜，风光无限。说起来，有时候欢场比科场恐怕还要更公平些。

柳如是再次投奔徐佛后，慕名而来的人蜂拥而至，柳如是的出场费也越来越高。有一次，某公子豪气地给了徐佛三十两银子，让她安排自己与柳如是相见。一见面，这位公子都是些"久慕芳姿，幸得一见""一笑倾城，再笑倾国"等很俗套的开场白。柳如是心想，连真笑和冷笑都分不出来，还好意思恭维我呢。她拂袖而去，转身去屋里剪了一绺头发，告诉徐佛，还给他，就当赔他的钱，以后这样的人我一概不见了。

徐佛走后，柳如是心里此起彼伏，很不是滋味。她十岁被卖入风尘，几次从良，又都被命运的大手再次推回深渊。她不甘心一辈

子都这样，她要选一个能够真心待她的男人。

柳如是此番相中的是一个叫宋征舆的公子。宋征舆，字辕文，与柳如是年龄相同，传说他文采风流，潇洒俊秀，颇有点翩翩浊世佳公子的味道。宋辕文来见柳如是的时候，柳如是想试探一下他是否真心，于是推说有事，约他第二天到白龙潭相会。

第二天一早，柳如是还没起来，就听说宋辕文到了。于是传话不让宋辕文登舟，说如果宋郎真有情，就跳到水里等我吧。当时正值寒冬，宋辕文想都没想，一头就扎到寒潭里去了。柳如是一听大惊，赶忙找人把他捞上来，扶到床上，拥他入怀为他取暖。柳如是被宋辕文感动了。从此，两人相交甚密，情意绵绵。

宋辕文深深地被柳如是迷住了，没事儿就往柳如是这里跑，但是他还不敢真娶柳如是回家。宋母知道此事后，非常生气，责罚儿子，让他跟柳如是了断关系。宋辕文嗫嚅着吐出几个字："她不是贪图我的钱！"宋母这下更生气了，指着鼻子骂他："她要是图财又算得了什么？她要的不是你的钱，要的是你的命！"宋辕文也不敢反驳，只能偷偷去找柳如是，但来往频率明显没原来那么高了。

没过多久，当地郡守发出驱散"流妓"的官文。柳如是因为出身吴江镇，所以也在被驱逐的行列。她左思右想，打算找宋辕文商量一下，于是梳洗一番便差人去请宋公子。

宋辕文到了之后，柳如是摆明了因果关系，问宋辕文自己该怎么办？宋辕文一不敢娶柳如是，二不敢出面为她撑腰，站在那里愣了半天也没有一句话。柳如是急了，说你倒是拿个主意啊？宋辕文哆哆

嗦嗦，从牙缝里挤出一句话：不如暂且出去避避风头也好。

柳如是当时就大怒："别人说这句话也就罢了，并不奇怪。你怎么也说得出口！"她转身看到案上放着一张古琴，一口倭刀。于是一怒之下，拿起那把刀。宋辕文吓得面色如土，只当柳如是真的要找他拼命，却见柳如是手起刀落，将古琴从中劈开，七弦俱断。柳如是提着刀，告诉宋辕文："从此后，我与你一刀两断！"

宋辕文从没见过这等刚烈决绝的女子，他也知道此事无法挽回，大惊之下，慌忙逃走。宋辕文走后，柳如是大哭一场。在她宝贵的青春中，她真诚地爱过陈子龙和宋辕文，但得到的结果却都是被抛弃。直到这个时候，柳如是才知道，人在青楼，身为下贱，想要获得一份真爱该有多么难！

宋辕文是柳如是光辉灿烂的情史中最为灰暗破败的一笔。他出场的时候，以"入寒潭出真心"的方式高调登场，却以如此滑稽狼狈的姿态逃出柳如是的生活。这也怨不得宋辕文软弱，在柳如是刚烈勇猛的光芒之下，陈子龙那样的勇士都能显出其懦弱的一面，更何况宋辕文这种本身就软弱不堪毫无担当的男人。

要怪只怪柳如是自己，她拥有了常人无法拥有的才华，也就注定了她无法拥有常人的幸福。

深情恰似浮云

经过此事之后，柳如是专心书画，普通客人更是见不到了，她

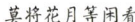
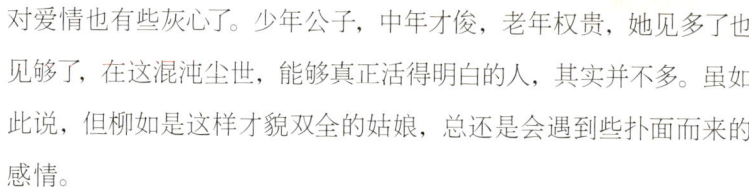

对爱情也有些灰心了。少年公子，中年才俊，老年权贵，她见多了也见够了，在这混沌尘世，能够真正活得明白的人，其实并不多。虽如此说，但柳如是这样才貌双全的姑娘，总还是会遇到些扑面而来的感情。

宋公子之后又来了一个徐公子，有一种说法认为，徐公子是故相徐阶的后人。徐公子来见柳如是，柳如是不见，徐公子放下银子快快地走了。隔了几天再来，柳如是依然不见。过了三个月，徐公子依然如故，柳如是有些感动了，于是约他除夕夜的时候过来。到了除夕那天，这位徐公子果然前来赴约。柳如是很高兴，设宴款待了他。饮罢，柳如是对他说："我约你除夕夜来，以为你不会来。今天你能来，说明你果真是有情有义之人。但是，除夕是骨肉家人团聚的日子，你不去陪家里人，却留在娼门，始终于情理不通。"于是，柳如是亲自挑灯送徐公子回去。

那一晚的夜路，照亮了柳如是为人所不知的一面。人们喜欢议论柳如是如何放诞不羁、桀骜不驯，如何不合礼法、不守规矩，其实都没有看懂她棱角分明的外表下藏着的一颗善良而又孤独的心。她敏感骄傲，不肯在世俗礼法前放下架子，因为那是她唯一能保护自己的武器。但是，真遇到了有情有义的人，她还给人家的是更多的理解与尊重。

就这样，柳如是直到上元夜，中国传统的情人节那天，才与徐公子定情。那晚，她允许徐公子留宿，并在榻前劝他，说徐公子不读书所以少了很多文气，我与那些名士结交，你站在他们中间，显得很

河东君小像

是不雅。如果你不喜欢读书就去学武吧,说不定也能成一个人物。这位徐公子倒也听话,真的闲时便去研习弓马学习武艺,后来竟然参了军,混得风生水起。

  有人说,女人需要展示,男人需要塑造。男人有时需要女人温柔地提醒,帮他修枝剪叶,为他筹谋规划。而女人则更多地需要平台,展示自己的美丽与才华。可惜的是,柳如是始终没有找到适合她的舞台。

  徐公子外,还有一个叫汪然明的富商,在柳如是的感情生活中也扮演了重要的角色。汪然明是徽州富商,柳如是有段时间曾借住在汪然明的家里,汪然明对她照顾得殷勤周到,《柳如是尺牍》里详细收录了她写给汪然明的31封信。信里叙家长里短,谈诗文之道,

叹人生感遇,谢相扶之情。

  泣蕙草之飘零,怜佳人之埋暮,自非绵丽之笔,恐不能与于此。然以云友之才,先生之侠,使我辈即极无文,亦不可不作。容俟一荒山烟雨之中,直当以痛哭成之可耳。

(《柳如是尺牍》之三)

  枯桑海水,羁怀遇之,非先生指以翔步,则汉阳摇落之感,其何以免耶?商山之行,亦视先生为淹速尔。徒步得无烦屐乎?并闻。

(《柳如是尺牍》之八)

  弟昨冒雨出山,早复冒雨下舟。昔人所谓"欲将双屐,以了残缘",正弟之喻耳。明早当泊舟一日,俟车骑一过,即回烟棹矣。望之。

(《柳如是尺牍》之二十六)

  汪然明帮柳如是刻了书信集《柳如是尺牍》和诗集《湖上草》,他还介绍一些富贵名流给柳如是认识,希望从中撮合,能够给柳如是寻到一个可靠的归宿。又或者,自己也是可以提供给她安稳生活的。但柳如是一一谢绝了。

  柳如是未必不知道汪然明的好意,但她很恭敬地保持着距离,

因为柳如是从心里不想嫁给商人,她想嫁的是文人雅士,是在精神世界里能陪伴自己的灵魂伴侣。她称汪然明为"先生",然后自称为"弟",将那些忽隐忽现、或有或无的感情固定在感激与尊敬中。

"秦淮八艳"中的马湘兰也给红颜知己王稚登写过很多书信,里面柴米油盐、烟熏火腿、手帕纽扣,事无巨细,无一不涉及生活琐事。但柳如是的文字,用语简洁,用词典雅,文风干净清秀,无任何暧昧之情。她的手里似乎永远提着那口倭刀,将爱情与恩情划分得干脆利落,绝不拖泥带水。

这就是柳如是,她感谢你并不等于爱慕你,她信赖你并不等于依恋你。这也是柳如是的坚强,她一生三次落入风尘,但从没有随波逐流放弃自己。她聪明美丽,勤奋好学,对人对事热烈真诚。她不屈不挠地在命运的磨石上砥砺自己,也悄无声息地等待着命运的嘉奖。

桃花得气美人中

崇祯十二年(1639年)春,柳如是受汪然明资助,暂居西湖。徜徉于湖光山色的柳如是,想起陈子龙,想起宋辕文,想起往事种种,不由得产生了身世飘零孤独无依之感。于是,她提笔写下了很多诗句,其中最为著名的便是《西泠十首》和《西湖八绝句》。

西泠月照紫兰丛,杨柳丝多待好风。
小苑有香皆冉冉,新花无梦不溟溟。
金吹油壁朝来见,玉作灵衣夜半逢。
一树红梨更惆怅,分明遮向画楼中。

——《西泠十首》之一

良辰美景,赏心乐事。如此美丽的景色,却无爱侣相伴。"杨柳丝多待好风"一句,更是点出了柳如是当时的寂寞。该诗笔法自然从容,被公认为是《西泠十首》里最好的一首。但就其同时期作品而言,《西湖八绝句》在名气上更胜一筹,尤以第一首最为著名。

垂杨小院绣帘东,莺阁残枝未思逢。
大抵西泠寒食路,桃花得气美人中。

——《西湖八绝句》之一

顾苓在《河东君小传》中形容柳如是"结束俏利","作诗写字,婉媚绝伦","游吴越间,格调高绝,词翰倾一时"。可见柳如是在世人眼中不但美艳无双,而且才华盖世,让无数文人雅士为之倾倒。其中,有诗坛领袖非常喜爱"桃花得气美人中"一句,细嚼其味更觉余香满口,竟然一口气连和十六首步韵诗,以示对柳如是才华的欣赏与推崇。

这个人,便是明末清初与吴梅村、龚鼎孳并称为"江左三大家"之一的诗坛盟主兼东林领袖钱谦益,也是柳如是日后的丈夫。

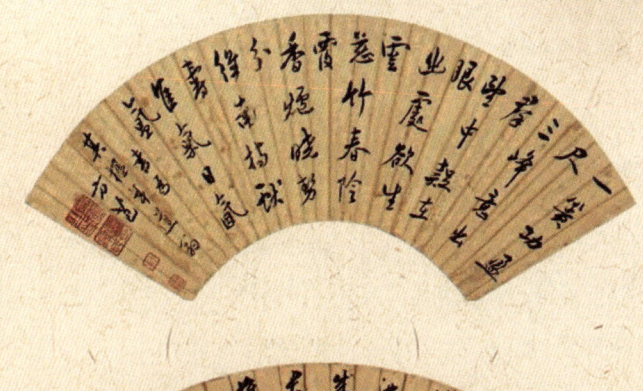

钱谦益书法扇面

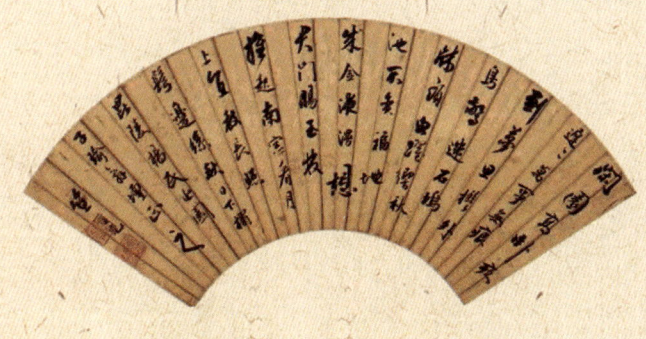

  钱谦益，生于1582年，字受之，号牧斋，晚号蒙叟。他早在万历三十八年（1610年）就中了进士，但三十年间起起落落，三进三退，仕途非常不顺。此时又是刚刚被罢官，正好赋闲在家。钱谦益早就听说过柳如是的才名，此番正巧在名妓王修微（草衣道人）处读到了柳如是的《西湖八绝句》，不禁心生爱慕，辗转难眠。顾苓记载说，"宗伯心艳之，未见也"。

  与此同时，柳如是的心里也布满了"杨柳丝多待好风"的期许，随时准备开始自己的新生活。对于东林党魁钱谦益，柳如是早有耳闻，只是她不敢确定钱谦益的态度。所以，她冒出一个念头，决定试一试。

崇祯十三年(1640年)冬,常熟半野堂里的钱谦益忽然收到一份递来的帖子,上面规规矩矩地写着"晚生柳儒士叩拜钱学士"。钱谦益想了想,丝毫记不得自己认识这样一个人,但考虑到可能又是后生晚辈慕名而来,自己本也无事,便差人去请。

那一天,柳如是一叶扁舟造访半野堂,为历史留下了浓墨重彩而又异常美丽的一笔。她"幅巾弓鞋,著男子服。口便给,神情洒落,有林下风"。柳如是一身儒雅书生的打扮,清秀异常,形神洒脱,恬淡自然,娴雅飘逸。钱谦益被眼前俊秀清雅的青年所吸引,但又想不起来此人是谁。柳如是微微一笑,提笔在纸上写下一首诗:

草衣家住断桥东,好句清如湖上风。
近日西泠夸柳隐,桃花得气美人中。

钱谦益低头一看,正是自己曾经为柳如是《西湖八绝句》和诗所作的十六首诗之一,这才知道来人便是柳如是。他大喜过望,邀请柳如是在"半野堂"小住,柳如是颔首低眉,愿陪左右。此后,二人诗词唱和,歌舞欢度,过上了一段快乐的日子。

钱谦益还亲自监工,仅仅用了十天工夫,就在半野堂近旁的红豆山庄,为柳如是修建了一座精美别致的小楼,并从《金刚经》上摘了一句"如是我闻",为该楼取名为"我闻室"。

那一年的冬天,钱谦益留柳如是在常熟守岁,二人在"我闻室"定情。

柳如是：
心有猛虎嗅蔷薇

老夫少妻

小楼落成时正是寒冬腊月，钱柳二人虽说已心意相通，但对外似乎还有些遮遮掩掩，宣称柳如是暂住"我闻室"。但爱情是藏不住的，他们两个人只当外界浑然不知，其实旁人已经看得再明白不过，这两位是打定主意共度此生了。

此时的钱谦益年逾花甲，仕途坎坷，三起三落，尝遍世态百味，早作炎凉之叹。却不料风烛残年时，突然出现了一位扣动心弦的年轻姑娘。更令人惊喜的是：这位姑娘竟然也爱上了他。钱谦益喜出望外，赋诗抒情：

  清樽细雨不知愁，鹤引遥空凤下楼。
  红烛恍如花月夜，绿窗还似木兰舟。
  曲中杨柳齐舒眼，诗里芙蓉亦并头。
  今夕梅魂共谁语？任他疏影蘸寒流。

在钱谦益的眼里，红烛月夜，疏影寒流，柳如是像曲中杨柳，诗里芙蓉，是上天赐给他最好的礼物。不是说老年人谈恋爱就像老房子着了火吗？"呼啦"一下就燃烧起来。柳如是才高貌美，好学上进，给钱谦益带来了朝气蓬勃的青春。

对于钱谦益来说，他品尝过生命的甜美与苦涩，经历过俗世的奉承与奚落，他已经能够在纷繁复杂的生活中剥离出最本质的快乐。

少年的爱虽然热辣滚烫,但也因未经尘世的熏染而难以恒持;反倒是钱谦益这样的人,饱经风霜,经历过洗涤,也经历过选择,才能对爱情有更加稳定的守护。

而情路多艰的柳如是,年纪虽轻,但三次出入风尘,听过了太多的誓言,也经历了更多的谎言。她历尽磨难,虽受万千宠爱,却知道那只是镜花水月,逢场作戏。当年,她曾一身男装去见陈子龙,陈子龙颇为吃惊,且引以为异。而当她假扮儒生见钱谦益时,钱谦益虽哭笑不得,却不以为奇,反以为趣。钱谦益欣赏她的才华,赞叹她的个性,同情她的飘零,爱惜她的真情。钱谦益给她的爱不是居高临下的施舍,而是灵魂平等的馈赠。所以,柳如是感念钱谦益的深情,回赠了一首《春日我闻室作呈牧翁》:

> 裁红晕碧泪漫漫,南国春来正薄寒。
> 此去柳花如梦里,向来烟月是愁端。
> 画堂消息何人晓,翠帐容颜独自看。
> 珍重君家兰桂室,东风取次一凭阑。

这首诗是《东山酬和集》里的上乘之作。诗作先是回忆了坎坷的情路,然后倾诉了身处青楼烟月惹愁端的思绪,最后笔锋一转,说"君家兰桂"意思是钱家高门大户,不知道自己能够留到几时。其情一波三折,构思巧妙,语言精致,又委婉地表达了自己寄人篱下惶恐忧虑的心情,可谓是七律中的上品。

柳如是：
心有猛虎嗅蔷薇

当然，钱谦益也从诗中读出了这些憔悴的况味。他马上赋诗一首，消除柳如是的顾虑：

早梅半面留残腊，新柳全身耐晓寒。
从此风光长九十，莫将花月等闲看。

至此，二人的心意才算真正剖白彻底，看到了彼此坦诚相待的情谊。

崇祯十四年(1641年)元夜，钱谦益和柳如是泊舟虎丘，二月又到扬州，其间也和很多名士雅集。六月，便正式嫁娶，结为夫妻。

世界上真正的爱情常常可以超越年龄、身份和阶层，甚至突破礼教、习俗、舆论等的包围，而带着些义无反顾的勇敢和令人费解的疯狂。

崇祯十四年(1641年)时，钱谦益已经六十岁，柳如是只有二十四岁，他们中间整整差了三十六年。以柳如是的才色、姿容，她完全可以嫁个年轻英俊的小生或是富甲一方的士绅，没有任何必要嫁给一个行将就木的老人。但是，柳如是觉得她只有嫁给钱谦益才能获得真正的幸福。"博学好古，旷代逸才"，柳如是觉得人生得此知己，也算死而无憾。

明末清初时，嫖妓算是一种风雅的事，但说到真正娶回家，总觉得还是有些颜面无光。此时的钱谦益虽被免官，但他威名远扬，声震四方，有"文章宗伯，诗坛李杜"之称，而且怎么说也是朝廷权臣。现在非要娶一个青楼歌伎回家，不免惹来非议。如果他愿意悄无声息地纳妾，人们也不会有太多质疑。但钱谦益娶柳如是，并不是做"妾"而是做"妻"。钱谦益要以"正妻"之名"匹嫡"之礼，明媒正娶地将柳如是娶回家做"夫人"。此事，闹得街头巷尾议论纷纷。

据钮琇在《觚剩》中记载，钱谦益和柳如是大婚的那天，"三泖荐绅，喧焉腾议。至有轻薄之子，掷砖彩鹢，投砾香车者。宗伯吮毫濡墨，笑对镜台，赋催妆诗自若"。也就是说，他们结婚的彩船，不但遭遇人们的指指点点，而且还遭到了围观人群的当场破坏，甚至有人将砖头瓦砾扔向婚船。但是，钱谦益对此毫不在乎，润笔濡墨，谈笑风生，赋诗自若：

老大聊为秉烛游，青春浑似在红楼。
买回世上千金笑，送尽生平百岁忧。

或许只有这样的诗句才能够表达他雀跃激动的心情吧。

钱柳二人是史上最天真烂漫、荒诞无稽的一对老夫少妻。他们的爱情，完全超越了世俗的所有限定。年龄、身份、舆论，这些所有人都在乎的压力，他们完全不在乎，他们在乎的是彼此的情怀、才气、理解与尊重。

柳如是美艳无敌，却常常喜欢假扮男生出游，从不以色相笼络爱情。究其原因，她始终希望凭借自己的才华，在男权社会的话语圈里，找到属于自己的地位，获得平等的爱情与合理的尊重。她踏破铁鞋，

河东夫人像

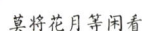

终于在钱谦益的面前驻足。这个老男人可以包容她的任性,理解她的荒唐,甚至比她更蔑视世俗。她寻到了这知音,并敲开了幸福的门。

幸福似乎和爱情一样,经常是旁边人觉得他们"拿着肉麻当有趣",而他们自己却觉得情动于中,饶有兴味。比如婚前,柳如是说:"吾非才学如钱学士虞山者不嫁。"钱谦益就说:"吾非能诗如柳是者不娶。"比如婚后,柳如是问钱谦益为什么爱自己,钱谦益说:"我爱你白的面黑的发。"钱谦益又问柳如是为何爱他,柳如是想了想:"我爱你黑的面白的发。"说完之后,两个人哈哈大笑,嬉闹间打成一团,俨然一对幸福的小情侣。这些私底下的笑话放在别人眼里,简直无聊透顶,但搁在当事人身上,却永远乐在其中。爱情,很多时候只能去默默体验,而无法拿来与人分享。

崇祯十六年(1643年),钱谦益大兴土木,造了一座藏书楼。因为钱谦益常常称赞柳如是,说她是绛云仙子下凡,所以干脆将藏书楼命名为"绛云楼"。楼里不但有万卷藏书,还有各种珍奇古玩,一时间,竟有"大江以南,藏书之家无富于钱"的说法。

钱、柳二人的婚后生活幸福美满,钱谦益称柳如是为"河东君",他们饮酒赋诗,游山玩水,"煮沉水,斗旗枪,写青山,临墨妙,考异订讹,间以调谑,略如李易安在赵德卿家故事。然颇能制御宗伯,宗伯甚宠惮之"。实际上,柳如是并不会什么御夫术,只是钱谦益年长她三十六岁,所以处处宠爱娇惯谦让柳如是罢了。加上柳如是天资聪慧,学东西又快,勘误校正几乎百无一漏,所以钱谦益常常称她为"柳儒士",对她更是百般谦让和疼爱。

柳如是：
心有猛虎嗅蔷薇

历史大变局

崇祯十七年（1644年）甲申之变，崇祯帝吊死煤山，明朝灭亡。江南旧臣马士英等人拥立福王朱由崧为弘光帝，建立了"南明"。钱谦益重被起用，官至礼部尚书。据《南明野史》记载，钱谦益能够得到提拔，完全是沾了柳如是的光。"谦益以弥缝大铖得进用，乃出其妾柳氏为阮奉酒。阮赠一珠冠，值千金。谦命柳姬谢，且移席近阮。闻者绝倒。"

阮大铖当时得马士英推荐做了南明朝的兵部尚书，马士英是拥立福王登基的大功臣，所以钱谦益需要通过阮大铖来铺好新朝的仕途。于是，在宴请阮大铖的时候，钱谦益就让柳如是来给阮大铖奉酒。阮大铖一见柳如是美艳绝伦，秀色可餐，当真是心花怒放，马上就赠送了价值千金的珠冠。钱谦益让柳如是去谢谢阮大铖，于是柳如是"移席"靠近阮大铖。也就是说，钱谦益的官位是柳如是拿色相换回来的。

钱谦益动用"美人计"一事，让很多人不齿，仿佛柳如是为此做出了重大牺牲与付出。但持此观点的人好像忽略了一个重要的问题，柳如是这样倔强刚强的女人并不是钱谦益所能轻易摆布的。而且，钱谦益被起用后，从常熟赶往南京就职，柳如是亦相随而去，"冠插雉羽，戎服骑入国门，如昭君出塞状"。柳如是不但支持丈夫做官，而且自己还戎服相随，颇有几分巾帼英雄的意思。

柳如是此生，很多言行看来都颇为激烈，甚至很有戏剧效果。

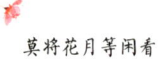

比如,她与宋辕文决裂得那么彻底;比如,她大张旗鼓地结婚;再比如,她冠插雉羽入国门。尤其是嫁人后,每次见她出场,围观群众都是唏嘘、震惊,几乎从来没人喝彩。好在她做这些事并不是要表演给谁看,她只是为了将自己胸中满满的勇气全部释放出来。她的人生,她只演给自己看。

可惜的是,钱谦益的官没做多久便丢了。因为清军南下,南明只维持了一年的时间就灭亡了。

弘光二年(1645年),南明覆灭。钱谦益与柳如是决定自杀殉国。

说"钱谦益与柳如是决定",似乎不太公平,因为想死的是柳如是。陈寅恪先生在《柳如是别传》中转引过此事,"柳如是劝宗伯死,宗伯佯应之。于是载酒尚湖,遍语亲知,谓将效屈子沉渊之高节。及日暮,旁皇凝睇西山风景,探手水中曰:冷极奈何!遂不死"。

这段描写非常生动有趣。南明灭亡后,柳如是劝钱谦益效仿屈原,自杀殉国。钱谦益"佯应之"。这三个字将钱谦益宠爱柳如是又忌惮柳如是的无奈与软弱描绘得活灵活现,典型是因为老夫少妻迫于压力而应允。于是,二人泛舟载酒,决定投湖自尽。但是,临到最后关头,钱谦益凝视着温柔的夜色,如花的娇妻,又不想跳了,他把手伸到水中摸了摸说:"水太冷了!"于是,两人就没有死成。

这段故事,在野史中记载得更是栩栩如生。柳如是质问钱谦益:"你殉国,我殉夫,天经地义,你为什么不死?"钱谦益非常无奈:"好好的,为什么非要死呀?"柳如是一生气,自己转身跳了湖,后又被救上来。也有说柳如是当时被钱谦益拉住压根就没有跳下去,总

之，大家都没有死成。

很多人就此笑话钱谦益的懦弱、犹豫，觉得他人格低下，但这些看法实属偏见。一方面，柳如是出身底层，一无所有，个性又极其刚烈，对人生、对社会、对他人，总是怀着视死如归、从容就义的态度。她除了钱谦益什么都没有，自然什么都能放下。另一方面，钱谦益留恋生命也无可厚非。他宦海沉浮几十年，对人生早已看淡。恰恰是这种淡泊的态度，才让他学会了与历史和生活进行妥协并尽量和谐共处，而不至于选择决绝的方式离开世界。钱谦益自然是觉得活着好，而且，柳如是那么年轻，他也不舍得柳如是去死。

按照有据可查的历史，钱谦益在后来的岁月还曾与柳如是多次资助复明事业，并不曾做过什么人格卑劣的事情，但不知道为什么总是得不到后世的宽容。陈寅恪先生晚年失明却写下上百万言的《柳如是别传》，其实是别有意味的。柳如是的独立、自由和勇敢固然值得歌颂，但钱谦益也应该可以保留懦弱的权利。死有死的壮烈，生有生的尊严。此二人身上映照出的明末知识分子复杂的心路历程，其实比故事本身更加动人。

顺治二年（1645年），南京覆亡后，钱谦益知道明朝大势已去，眼见"扬州十日"几十万百姓惨死在清军屠刀下，钱谦益"以城迎降"，并对清军豫王多铎说："吴下民风柔弱，飞檄可定，无须用兵。"从而避免了南京城的一场浩劫。

相传，柳如是因不满钱谦益降清，曾于乱兵中离家出走。但是她在路上亲眼见证百姓们关心的只是如何继续生活，对于谁是当权者并不感兴趣。明朝亡了，只是一个政权的消失，实在没有必要拉着全城百姓去送死，柳如是这才知道自己误会了丈夫。想通了之后，柳如是又返回家中，对钱谦益的理解也比原来更深了一层。

不过，柳如是虽然理解钱谦益的投降，却不能忍受钱谦益去清朝做官。

顺治二年，钱谦益投降清朝，官职恢复到明朝时期的礼部侍郎。钱谦益踌躇满志，决定做一番事业。柳如是不愿随行北上，独自留在南京。始终相依相伴的爱侣就这样被历史的变局生生地拆散。

白首红颜誓同心

顺治二年（1645年），钱谦益北上做官，柳如是独居江南。顺治三年（1646年）春，柳如是看到友人顾媚的《墨兰图册》，感慨万千。

顾媚和柳如是均属于明末清初有传奇经历的女子，她们都出身青楼，所嫁之人都不肯殉国且投降清廷。顾媚的丈夫龚鼎孳不殉国的理由是：小妾不许；柳如是的丈夫钱谦益不殉国的理由是：水太冷。降清后，龚鼎孳位居刑部尚书，钱谦益官至礼部侍郎。二人在丈夫改侍清廷一事上，内心都有隐痛。顾媚文学才能虽然比不上柳如是，但画工颇好，尤其是擅长画兰，所以她便借此托物言志。柳如是看到顾媚的那组墨兰图后，心潮起伏，遐思不断，于是一连写下了十首题画诗，表达自己对故国的追思。

柳如是：
心有猛虎嗅蔷薇

兴来泼墨满吟笺，半是张颠半米颠。

俗眼迷离浑不辨，嗤它持作画图看。

《题顾横波所写墨兰册叶十首》其一

暂向幽芳一写真，笔花飞落墨痕新。

总然冷淡难随俗，岩谷而今有几人？

《题顾横波所写墨兰册叶十首》其二

读罢《离骚》酒一壶，残灯照影夜犹孤。

看来如梦复如幻，未审此身得似无。

《题顾横波所写墨兰册叶十首》其三

眼界空华假复真，花花叶叶净无尘。

千秋《琴操》犹馀调，半是骚人现化身。

《题顾横波所写墨兰册叶十首》其四

不共青芝石上栽，肯容荆棘与莓苔。

根苗净洗无尘土，好待东风送雨来。

《题顾横波所写墨兰册叶十首》其六

　　柳如是在第一首诗里就点出了这组诗画的题眼：俗眼迷离的人才会把这些墨兰图仅仅当作绘画作品来欣赏，实际上，这是一部改朝

工笔花蝶　柳如是绘

换代时期,女知识分子遗民们的一部心灵史。接着,她感叹,故国已亡,但是能够真正避居山林的隐士又能有几个呢?读《离骚》,挑孤灯,如梦如幻,柳如是借兰花"此身得似无"来比喻遗民们无根无土无依偎的悲苦心情。到了第六首,她又含蓄地写出了等待东风送雨万物复苏的情绪,寄希望于反清复明事业的成功。

　　明清易代之际,知识分子遗民们在誓死抵抗、自杀殉国、拒不出仕、隐居田园和投降清朝间妥协与挣扎,不断进行着心灵的裂变与选择。柳如是作为女知识分子的代表,拥有坚贞不屈的勇气,卓尔不群的才华,是以能用这样饱蘸深情的笔墨,写下故国之悲,亡国之痛,将自己的气节与风骨跃然纸上,为后世所赞叹。

　　柳如是其人,才华横溢,诗词文俱佳。填词的功力相当深厚,

柳如是：
心有猛虎嗅蔷薇

写诗的水平更是跟诗坛盟主钱谦益不分伯仲。而柳如是的小品文，就以她写给钱谦益的家书来说，写得清丽秀雅，情真意切，堪称历代小品文的典范之作。

古来才子佳妇，儿女英雄，遇合甚奇，始终不易。如司马相如之遇文君，如红拂之归李靖，心窃慕之。

自悲沦落，堕入平康，每当花晨月夕，侑酒征歌之时，亦不鲜少年郎君、风流学士，绸缪缱绻，无尽无休。但事过情移，便如梦幻泡影，故觉味同嚼蜡，情似春蚕。年复一年，因服饰之奢靡，食用之耗费，入不敷出，渐渐债负不赀，交游淡薄。故又觉一身躯壳以外，都是为累，几乎欲把八千烦恼丝割去，一意焚修，长斋事佛。

自从相公辱临寒家，一见倾心，密谈尽夕。此夕恩情美满，盟誓如山，为有生以来所未有，遂又觉人世尚有此生欢乐。复蒙挥霍万金，始得委身，服伺朝夕。春宵苦短，冬日正长。冰雪情坚，芙蓉帐暖；海棠睡足，松柏耐寒。此中情事，十年如一日。

不意山河变迁，家国多难。相公勤劳国事，日不暇给，奔走北上，跋涉风霜。从此分手，独抱灯昏。妾以为相公富贵已足，功业已高，正好偕隐林泉，以娱晚景。江南春好，柳丝牵舫，湖镜开颜。相公倘佯于此间，亦得乐趣。妾虽不比文君、红拂之才之美，藉得追陪杖履，学朝云之

侍东坡,了此一生,愿斯足矣。

柳如是《致钱谦益书》

在这篇小文中,柳如是先叙述了对古来佳偶的追慕,又回忆了自己身在青楼种种浮华虚幻的愁苦生活。后描绘了跟钱谦益相识、相知、相伴的深厚感情,文章最后还陈述了自己的相思之苦,并力劝钱谦益携她一起归隐山林,安享晚年。通篇文采斐然,又朴实真挚,是大时代中知识分子心境的一个小小缩影。

钱谦益收到信之后,非常震动,加上自己在京做官只是闲职而未得重用,所以他只做了不到一年的清朝官员就称病回乡了。

顺治三年(1646年),钱谦益辞官返回江南,与柳如是团聚。此后,二人开始变卖家产,偷偷资助反清复明的事业。

以身殉情,以命护家

顺治三年年底(1646年),反清人士黄毓祺在海上起义,组织复明大业。钱谦益积极出资,还让柳如是易装犒师,大慰军心。不料,顺治四年初,船只遭遇飓风,舟师倾覆。结果消息被泄露,钱谦益受牵连,被捕下狱。史载:

丁亥(1647年)三月晦日晨兴礼佛,忽被急征。锒铛拖曳,命在漏刻。河东夫人沉疴卧蓐,蹶然而起,冒死从行,

柳如是：
心有猛虎嗅蔷薇

誓上书代死，否则从死，慷慨首途，无刺刺可怜之语。

钱谦益被捕时，命在旦夕。"公子孙爱年少，莫展一筹，瑟缩而已。"柳如是当时生病卧床，听到这个消息后，蹶然而起，誓死要跟钱谦益同行，而且上书官府，愿意代丈夫去死，如果不行的话，那么愿意跟从丈夫去死。慷慨悲壮，毫无任何可怜哀求之语。同时，她还变卖家产，打通官府，终于在钱谦益下狱四十天左右时将他救了出来。

钱谦益有感于此，作诗云："朔气阴森夏亦凄，穹庐四盖觉天低。青春望断催归鸟，黑狱声沉报晓鸡。恸哭临江无壮子，徒行赴难有贤妻。重围不禁还乡梦，却过淮东又浙西。"钱谦益本来写的是"孝子"，但钱孙爱怕父亲这样写，自己以后落人口实，所以委婉地让父亲知道了这层意思，从而将诗句改字。钱孙爱生性懦弱，改用"壮子"倒也是实情。而柳如是也因此更添侠名。

很多人之前只知道钱谦益对柳如是宠爱非常，以为柳如是只是以美貌打动了钱谦益，又或者不过是歌舞技艺好过寻常女子。但钱谦益被捕，"柳氏即束装挈重贿北上。先入燕京，行赂于权要，曲为斡旋。然后钱老徐到，竟得释放，生还里门。始知此妇人有才智，故缓急有赖，庶几女流之侠"（《启祯纪闻录》）。

其实，在钱谦益刚刚做官回到家的时候，他的儿子曾向他举报，说在他赴京期间，柳如是跟别人私通有染，让父亲治罪于她。但钱谦益连问都没问就斥责儿子说："国破家亡，士大夫尚不能全节，何必要

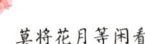

苛责一个女人呢？"有观点认为，这是钱谦益投降清朝，大节有亏，所以不好意思说柳如是，又或者因为自己的"失足"而开始对人事更加宽容。实际上，即便钱谦益变节降清，如果柳如是真的红杏出墙，放在当时的历史环境和社会语境下，钱谦益怎么责罚都不过分。所以，钱谦益能对儿子的告发漫不经心，一是因为他太宠爱柳如是，知道柳如是即便真的与人私通，不过就是讽刺他的变节罢了，除了钱谦益，柳如是谁都不会爱。其二，钱谦益压根就不相信柳如是会做出这等事，他相信柳如是的品质，胜于相信自己。

不管历史的公案如何评说，但钱谦益的确没有因此而苛责柳如是。钱谦益非常睿智，他相信柳如是，也知道这个女人不但是自己的妻子，更是自己的知音，是甘苦与共、患难扶持的生死之交。

钱谦益变节，柳如是反感最强烈，她坚决不随行北上，还一封封家书催促钱谦益辞官。钱谦益资助反清复明的事业，柳如是就变卖家产地暗中支持，帮丈夫弥补大节有亏的心灵创伤。当钱谦益落难后，她蹶然而起，奋起反抗，打通各路关卡，拼了命也要救他出来，可谓情深义重。逢到钱谦益从牢里出来，非常后悔自己出仕清廷做官，毁了一生的名节，柳如是又写诗安慰钱谦益"香灯绣阁春常好，不唱君家缓缓吟"，让他安心享受家庭的快乐，不要对国家之事再做多想。人生得一知己足矣，应该就是钱谦益的心声吧。

顺治五年（1648年），柳如是诞下一个女儿。钱谦益老来得女非常开心，柳如是也渐渐将生活的重心转到家庭上。两个人快快乐乐地生活了十几年。

柳如是：
心有猛虎嗅蔷薇

康熙三年（1664年），83岁的钱谦益病逝，撇下了47岁的柳如是。

柳如是嫁入钱家二十几年，一直手握经济大权。钱谦益刚刚病逝，钱氏族里的各位叔伯兄弟欺负柳如是和钱孙爱他们孤儿寡母无依无靠，就跑到钱家来闹事，要分抢钱家的财产。钱孙爱生性懦弱，不知道怎么办才好，只得求柳如是解决。柳如是一身素衣，从容冷静地站出来对钱氏族人说：你们稍等片刻，我去楼上拿账本！

柳如是到了楼上，片刻之间便料理好了几件事情：一是派人拿着自己手书的十六个字去找知府告状喊冤；一是吩咐家丁将庭院落锁，所有人都不许踏出家门半步；另一件事便是给女儿写遗书："我来汝家二十五年，从不曾受人之气，今日竟当面凌辱。我不得不死，但我死之后，汝事兄嫂，如事父母。我之冤仇，汝当同哥哥出头露面，拜求汝父相知。"柳如是从容不迫地安排好这些事，便踏上了自己的归途。

当知府拿到柳如是的手书匆忙赶来时，柳如是已经上吊自尽，那十六个字是："夫君新丧，族人群哄，争分家产，迫死主母。"前来闹事的钱氏族人，全都脱不了干系，顿时乱作一团。

柳如是一生挚爱钱谦益，与他同甘共苦，随他出生入死。明亡时，钱谦益如果殉国，她便要殉夫；钱谦益因罪押往燕京时，她要代他而死，或者从他而去。几次三番，她都愿意舍命相随。到了最后，钱谦益真的去世，才不过一个月，柳如是便以自己的生命和智慧，捍卫了钱家最后的尊严和财富。她终究还是殉了情。

柳如是一生刚烈勇猛，活着的时候风华绝代，灿烂辉煌；死的

时候也是轰轰烈烈,郑重其事。说她殉明、殉道、殉夫、殉情,似乎都显得不够隆重,她其实是拿整个生命殉了自己。

柳如是此生三入娼门,三次从良,经历坎坷,命途多舛,却活得热烈真诚,潇洒奔放,活成了一幅绝美的画卷,跌宕起伏,韵味无穷。她是"秦淮八艳"里才华最好的一个,也是她们中间唯一自杀的人。但她凭着自己的才华与气节超越了自己的身份和性别,成为了中国历史上最受学者文人尊敬和推崇的风尘女子。她的传说,超越了岁月的流逝,随着历史长河漫漫流淌,永不消磨。

柳如是死后,葬在虞山脚下,不远处,便是钱谦益和原配夫人合葬的地方。她的墓碑上只有几个字:河东君之墓。

尘埃落定,再多的风华绝代,也不过是一方矮矮的坟墓。

顾横波（1619—1664）：且将风光换荣光

山是眉峰聚,水是眼波横

秦淮八艳当中,顾媚是最不显山露水的一个。论美貌,她不如陈圆圆;论名气,她不如李香君;论才华,她不如柳如是。在秦淮八艳里,从单项指标衡量,顾媚永远也排不上"第一"。但是,她容貌娇美,性格圆润,为人旷达,又懂得审时度势,知道如何经营自己,所以活得最是潇洒滋润。如果人生是一套四则混合运算的话,那么顾媚的幸福指数肯定是"八艳"里最高的一位。

顾媚,生于1619年,字眉生,号横波,人称"横波夫人"。余怀说她:"庄妍靓雅,风度超群,鬓发如云,桃花满面,弓弯纤小,腰肢轻亚。"顾媚天生丽质,鬓发如云,笑靥如花,有着江南女子特有的精致玲珑,身材娇小,风度满满。这说的是顾媚的美貌。

余怀对顾媚的另一番评价是:"通文史,善画兰,追步马守真,而姿容胜之,时人推为南曲第一。"这是对顾媚才华的评价。顾媚最主要的特长:一是画兰,二是唱南曲。余怀说顾媚画兰,功力和成

就直追马湘兰；而史学家孟森先生也考证说，顾媚画兰手法从不因袭前人，乃为"一代绝诣"。时至今日，顾媚十七岁时所画的《兰花图》扇面仍是故宫典藏的珍品。另一方面，明末唱南曲的歌伎属于青楼中层次比较高的"艺伎"，顾媚被推为"南曲第一"，可见唱功极佳。

这样一个风流雅致、婉转俏丽、眼含秋波又略显神秘的女子，举手投足间透着十足的魅力。这魅力与容貌有关，与才华有关，也与她周身散发出来的气质有关，更与她背后的"眉楼"有关。

记载顾媚的资料似乎都绕不开这个话题，即顾媚所住的"眉楼"。如果人生注定是舞台上的一出戏，那么顾媚登场时，追光灯应有两束，一道映出她鬓发如云桃花满面，一道打在她背后座无虚席的眉楼上。这是顾媚的资本，也是她最为独特的地方。

眉楼里，绣帘高挑，书卷堆案，瑶琴锦瑟陈列左右，香烟缭绕，清风过时有清脆的风铃叮咚乱响，声彻眉楼。真是风姿娴雅，俱与主人同。

眉楼外，仰慕顾媚者纷至沓来。当年的江南，文酒之宴颇多，人们需要有一处这样的地方，能纵酒狎妓，也能清谈议政，更能填词写曲，还能置酒盟誓（冒辟疆就曾与张公亮、刘渔仲、陈则梁等人在眉楼盟誓）。用现下的话说，这种多功能的娱乐场地便是"高档会所"。顾媚笑脸喜迎八方客，她为人精明也足够豪迈，开得了玩笑也持得住分寸，是不可多得的生意人。

相传，当时的理学家黄道周曾自诩"眼中有妓，心中无妓"，所以就有人怂恿顾媚，趁黄道周酒醉后脱衣共榻。黄道周到底是否真

有柳下惠坐怀不乱的举止并不重要，重要的是在这种传闻中，顾媚不理世俗争议的个性为其美貌与美誉增添了饶有兴味的一笔。顾媚虽性格豪爽，但知晓进退，懂得用不同的态度迎合不同身份的人群，所以深得文人雅士和达官显贵们的喜爱。笙歌夜宴，虽多佳丽，但这些"眉楼客"们仍觉"座无眉娘不乐"。

当然，顾家的厨师也十分出色。眉楼经年宾客盈门，"宴无虚日"，如果没有上好的厨食，很难长久地留住人们的脚步。所以，顾家的厨房笼络的是宾客的胃，顾家的女主人笼络的是宾客的心，分工明确，从无疏懒。

生意越好，名气越响，就越容易吸引到优质的客户，这是最简单的良性循环。而"眉楼"，也因此渐渐成为一处风雅的地标。当时的后生领袖余怀，曾戏称"此非眉楼，乃迷楼也"。于是，人们就以"迷楼"来称"眉楼"。

"迷楼"本是隋炀帝在扬州建的别院，楼阁错落，曲径通幽，整日歌舞升平，醉生梦死。余怀是顾媚的铁杆粉丝，他讲这样的话，不但没有丝毫讽刺的意思，反而有几分讨好的意味。换作一般的女人，可能就会不高兴。隋炀帝纵情声色，靡靡之音不绝，我一个弱质女流，哪有那么多苦难深重的政治承担。但顾媚绝不是一般的女人。她知道，这眉楼巧夺天工，亭台精致，绣阁玲珑，全赖宾客们赏脸给钱。而且，余怀对自己也是怀着巨大的爱慕。别人给你金子，你不能不给别人面子。于是，顾媚欣然接受了这一"封号"，并乐得在这"迷楼"里继续过自己的幸福生活。

这是顾媚的明智,也是她最为成熟的地方。她从来不与生活较劲儿,生活对于她来说,最重要的两个字就是:舒坦。

人们常常喜欢将顾媚和柳如是做比较。相同的是,二人均为秦淮名妓,俱是如花似玉、才貌双全的美女。后来,又都嫁给了明末清初的诗坛领袖,而她们的丈夫也先后变成了历史上背负投降恶名的清朝"贰臣"。不同的是,柳如是自称为"弟",常常像个淘气的小孩儿,喜欢女扮男装,个性极强,又任性妄为。而顾媚,她风度潇洒,为人豪放,淡定宽厚,又颇懂人情世故,豪放不羁中带着深深的内敛与从容,"甩脸子""使性子"这种事儿在顾媚身上是找不到的,所以她常被人称为"眉兄"。一兄一弟,或可见出二人本质的区别。因此,两个人虽经历相仿,但后来幸福的轨迹却有所不同。

说到底,顾媚是个彻底的享乐主义者,她不需要柳如是那种强横的生活态度,她需要的是安稳、从容、富裕的生活。而维持这种生活最需要的便是金钱。所以,"赚钱"始终是顾媚最喜欢也最擅长的事情。

"山是眉峰聚,水是眼波横。"秦淮河畔,山水之间,顾横波眉眼分明得很。

销金窟里埋情史

顾媚的眉楼生意本来就好,加上余怀盛赞为"迷楼",更令其门

横波夫人小影

莫将花月等闲看

庭若市,应接不暇。听曲狎妓,说书串戏,三教九流的人渐渐都喜欢拥在此处,文人雅士们更喜欢在此聚会。每次聚会轻歌曼舞,玉盘珍馐,必然是一笔不小的消费。所以,这"眉楼"又被称为"销金窟"。

虽是"日销百金",但能一睹佳人芳容,仍是男人们不懈的追求。而在众多追求顾媚的人当中,有两段感情最为引人注目,其中一段是同余怀的感情,这变成了后世的佳话;另外一段感情却变成了后世的笑话。

变成笑话的是顾媚与刘芳公子的情事。刘芳本来是南京城内的名门公子,因仰慕顾媚的才色,所以常常光顾眉楼,一来二去,便与顾媚熟络起来。顾媚这种人永远都是那么含情带笑,只要你愿意付出银子。而且,刘芳出身好,顾媚虽风光无限但毕竟只是青楼歌伎,所以多少会在相处时不经意地流露出些许的落寞。刘芳正兴致盎然,自然是愿意娶顾媚的。可刘芳家里不愿意让他纳青楼女子为妾,所以此事便搁下了。

顾媚并未因此冷落刘芳。她本也不特别在意刘芳,而且"婚约"什么的也不过是酒酣耳热随便说说,哪里就那么容易。再者,嫁人与否眼下并不打紧,反正年景不错,多赚些钱,来日方长嘛。但对刘芳来说,顾媚却格外郑重。所以后来,龚鼎孳突然横空出世,夺取了顾媚的芳心且最终抱得美人归后,刘芳深受刺激并自杀殉情。

吴德旋在《见闻录》中提到这段情事,说当年顾媚与刘芳"约为

夫妇,略有意思",所以"芳以情死"。他解释说,当时的文人们,因为龚鼎孳名声显赫,所以对龚顾之情颇多赞誉,无人提及刘芳殉情的事。

后来有人推测,说《见闻录》写于乾嘉年间,时人觉得顾媚不守誓言与龚鼎孳改投清朝同属于背盟违约的行为,故以此罪责攻击夫妇二人的名誉。不然当年眉楼前车水马龙,无数文人雅士穿梭往来,何以竟未在任何文献著作里出现此事的零星记载。可见,顾媚与刘芳当年并未真有婚约。

其实,这种"漂白历史"的行为实在没什么必要。首先,孟森先生在《横波夫人考》中曾经论述过此事,他将顾媚对刘芳的誓言归为一种职业习惯,他说"青楼献媚,以身许人惯态"。也就是说,青楼女子逢场作戏偶尔动了真情,便与客人相许终身,约为夫妇,不过是"惯技"。言外之意,顾媚她即便真的山盟海誓,刘芳你也大可不必真情涌动。这种话听起来,虽有些尖酸刻薄,但也极是合情合理。

其次,当时的文人没有记载这件事并不见得只是顾及龚鼎孳的面子。须知,自古以来,那些能够流传下来的佳话,若非"才子佳人大团圆",也应是"苦命鸳鸯被拆散"。爱情这出戏,非要愿打愿挨你侬我侬演起来才好看。比如,冒辟疆写《影梅庵忆语》,侯方域写《李姬传》,王稚登写《马姬传》,无非都是男人们炫耀光辉情史的文艺副产品,其中颇多自恋一望便知。但刘芳的故事却不同。顾媚从来没有正式考虑过刘芳的转正问题,结果刘芳却痴情到生死相依守

节殉情的地步,这故事写起来便极不符合"男尊女卑"的通行话语模式,真若落笔成文只会让刘芳更加蒙羞,所以不写也罢。

说到底,刘芳殉情这件事实在怨不得顾媚绝情,多半是刘芳感情太过脆弱。像顾媚这种女人,欢场上的事她懂,艺术上的事她也懂,连纵论国事她也有份参与,其心智成熟度是极高的。顾媚未尝不知刘芳用情至深,但成熟的女人从来不会在男人面前冒充救世主。她只是青楼歌伎,地位之卑微,求生之艰难,实在不足以去同情他人。自己的烦心事儿还不知道如何解决呢。

但顾媚能够最终嫁给龚鼎孳,与刘芳多少也有一些关系。

那个时候的顾媚云鬓花颜,秋波流转,顾盼多情,真是美人中的美人,所以爱慕者非常多。南京兵部侍郎的侄子伧父便是其中一个。但那时,刘芳常常光顾眉楼,与顾媚走动也比较频繁,引起了伧父的嫉妒。"伧父"其实并不是此人的名字,只是粗野男人的一种代称,被称"伧父"的男人通常不学无术、不务正业,且人品低劣、作风败坏!可想而知,这样的男人吃起醋来,就不是随随便便写点酸溜溜情诗这么简单了。他经常带着朋友来酒楼上胡闹,勾结当地的孝廉在酒桌上对骂,跟刘芳争风吃醋,还诬赖有人偷东西,非要对簿公堂,意在侮辱顾媚。

顾媚经营眉楼多年,最在意的就是"和气生财",但凡能吞咽的苦水,能顾及的脸面,她都要照顾周全,所以才有眉楼的兴旺发达。但是,这个伧父,顾媚是哄也哄不好,惹又惹不起,实在是手足无措,无计可施。

这个时候，顾媚的红颜知己余怀挺身而出了。

余怀是明末清初著名的文人，学问很好，被吴梅村称为"后生领袖"，与吴梅村、钱谦益、李渔等名流多有往来。但因不肯在清朝做官，所以布衣终老。余怀与顾媚感情甚好，"迷楼"的最初冠名就是拜余怀所赐。如今，顾媚受难于伧父，余怀义愤填膺，所以写了一篇声势浩大的檄文来讨伐伧父。

"某某本非风流佳客，谬称浪子、端王，以文鸳彩凤之区，排封豕长蛇之阵；用诱秦诳楚之计，作摧兰折玉之谋，种夙世之孽冤，煞一时之风景。"余怀其人，才华极好，硬是把恶狠狠的檄文，写得文采斐然，叹为观止。伧父这样的人，其实对檄文并不在意，以他的水平，估计也读不懂余怀的"含沙射影"。但伧父叔叔毕竟是兵部侍郎，脸面上有些挂不住，于是斥责了伧父，并打发他东归。至此，顾媚的燃眉之急才算是被余怀给解了。

顾媚非常感激余怀，甚至亲自登场演剧，为余怀贺寿。更有传说，顾媚为余怀几乎打算断绝风尘了，足见二人交往之深。但如果就此以为顾媚会嫁给余怀，未免太小看顾媚了。

顾媚虽然对余怀既有爱才之意，也有感恩之情，但真到了谈婚论嫁的时候，恐怕还是要仔细打算的。如果没有"受难于伧父"这件事，嫁人倒真是不急。但经过此番折腾，顾媚才知道，无论自己多么风光，在波澜壮阔的社会洪流面前，自己仍然是无依无靠，没着没落的。她放眼望去，权衡利弊，终于选定了一个可以托付终身的人。很可惜，这个人并不是余怀，而是龚鼎孳。

余怀从头到尾，只能是个"空写断肠句"的书生。他是顾媚人生中最尊贵的过客，最华美的间奏，也是后世茶余饭后品头论足时不可逾越的爱情佳话，但他永远不是顾媚所认可的归宿。

嫁对人，也要嫁贵人

顾媚这种心智成熟、头脑清醒的女人，在遇到婚姻这种人生重大命题的时候，绝不会慌不择路饥不择食，草草地嫁掉自己。她深深地明白一个道理，婚姻就如女人的第二次投胎，嫁对人便能幸福一生，嫁错人便得痛苦一世。尤其是青楼歌伎，能够重新选择命运的机会并不多。要想改写自己的人生，首先要找一个不介意自己过往经历并能够真心呵护自己的人；第二，这个人要有很好的名声和地位。

顾媚的种种深谋远虑常常被人们指责为轻浮势利，但仔细想想，并不觉得她真有多么不堪。她所希望的婚姻无外乎就是：很多很多的爱，很多很多的钱。有爱才能包容她的过去，有钱才能支撑她的未来。直到今天，这两点最简单也最难寻觅的组合，仍然在很多少女的爱情美梦中双双闪现。只不过很少有人能如顾媚这般，敢将如意算盘打得如此清脆响亮，并将过人心计表露得如此直白明了。她不是藏不住心事的人，她是根本就不想藏。她是在众人与历史解剖自己之前，先把自己的内心剖开了给大家看。

顾媚所选择的是最实际最稳妥的生活，她不是董小宛，她没办

顾横波：
且将风光换荣光

法跟着别人餐风饮露还无怨无悔地拿着理想和爱情当饭吃。她很现实，但现实不等于势利。她只是骗不了自己，也不想骗别人。所以，她选择了龚鼎孳，无论从年龄、品貌，还是才华、地位上来说，龚鼎孳都符合顾媚的要求。

龚鼎孳，1615年生，字孝升，号芝麓，是明末清初时一代文豪，与钱谦益、吴梅村并称为"江左三大家"。

崇祯七年（1634年），年仅二十岁的龚鼎孳高中进士，被派到湖北蕲水做县令。五年后，龚鼎孳迁官兵部给事中。

崇祯十二年（1639年）七夕，龚鼎孳在赴京途中，路过金陵并在此停留，打算到远近闻名的"眉楼"狎妓取乐。结果，正巧看到了倚栏而立登楼远眺的顾媚。但见她容颜娇美，丰姿绰约，举手投足间优雅从容，实在是令人心醉神迷。

龚鼎孳提出要给顾媚画像。小像上的顾媚，神采翩然，呼之欲出，一望便知乃是绘者用心之作。在这幅倚栏美人图上，龚鼎孳题了一首诗："腰妒垂柳发妒云，断魂莺语夜深闻。秦楼应被东风误，未遣罗敷嫁使君。"

在中国古典文学中，"秦罗敷"大概是最为完美的形象。《陌上桑》里记载，罗敷秦氏不但是明艳照人的美女，而且能抵抗外界男人的诱惑，是美貌与妇德兼具的理想人物形象。龚鼎孳初遇顾媚，便将这典故写进诗里，语意虽含蓄婉转，但其中对和美姻缘的期盼还是非常明朗的。顾媚自然是读懂了其中的意思，但她没有表态。

毫无疑问,顾媚也喜欢龚鼎孳。龚鼎孳年轻有为,家境又好,对顾媚一见倾心,而且只比顾媚大四岁。两个人年龄相仿,才貌相当,放在任何一个朝代,任何一个国度,都是完美的搭配。到哪儿去找这么合适的人呢?

但是,顾媚知道,自己虽然不能不主动,但也不能太主动。太主动便会给男人一种"送上门"的感觉,会被男人看低、看扁、看掉价。男人都乐于主动去追逐自己喜欢的目标。而且,青楼女子嫁人不比寻常人家女子,她们本就是社会的弱势群体,即便再风光,也还是缺少道德关怀的。一旦遭到男人厌弃,很难得到社会的同情与支持。毕竟,人们对男人的情变比对女人的贞操总是宽容许多。所以,顾媚虽然心里已选定了龚鼎孳,并希望与他喜结良缘,但她没做任何表示。她没有应允,也没有拒绝。这样一来,主动权就放到了龚鼎孳的手里。如果龚鼎孳愿意娶顾媚,自然还会回来找她;如果龚鼎孳只是随口说说,顾媚也不需要认真考虑。

崇祯十三年(1640年)正月,顾媚在那幅龚鼎孳画给自己的小像上,在龚鼎孳题诗的旁边,写下了这样的诗句:"尽识飘零苦,而今始有家。灯媒知妾意,特著两头花。"此诗虽未直言,但顾媚满怀期待的心情却已一览无余。

郎有情,妾有意。一个愿娶,一个愿嫁。剩下的就是看"灯媒"何时点亮花烛了。

崇祯十四年(1641年)中秋,龚鼎孳路过南京,又来找顾媚,打算带她北上。结果,顾媚竟然有些犹豫了。

竹石图　顾横波作

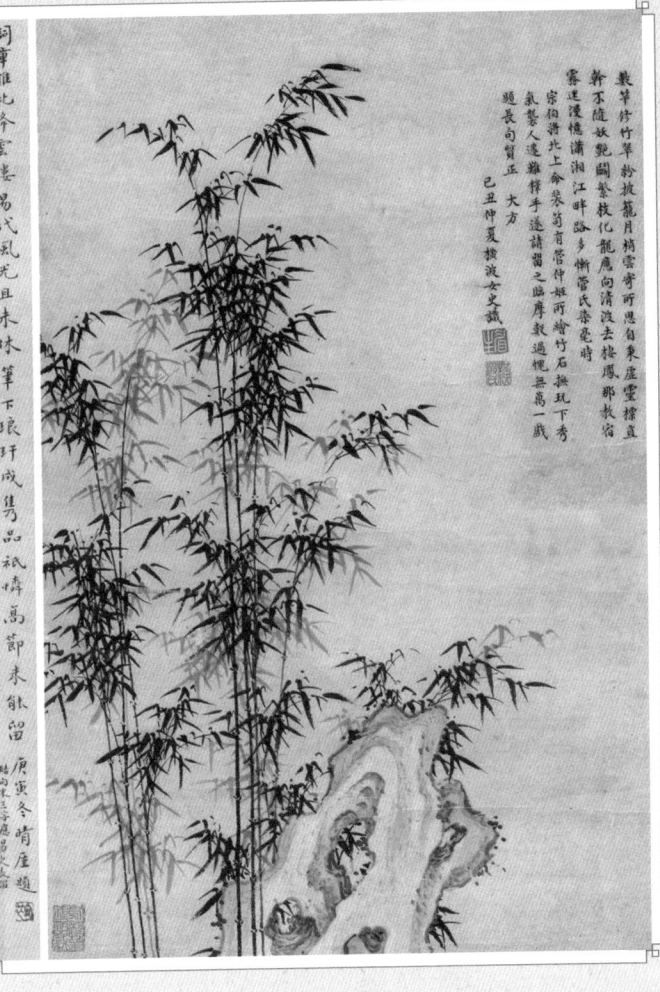

关于顾媚拒绝龚鼎孳的原因,最通俗的说法是,顾媚使用了兵法中的招数——欲擒故纵。说顾媚不是不想嫁,但怕龚鼎孳一时冲动娶了自己,事后反悔变卦。所以,她告诉龚鼎孳:如果你真爱我,那么你就等我一年,你明年觉得还爱我,就过来娶我,我就嫁给你。人在欢场,多的是逢场作戏,少的是假戏真做。这一点,顾媚必须考虑到。

还有一种传说更显戏剧性。说龚鼎孳来找顾媚的前几天,顾媚见到了一个秦淮姐妹,她的遭遇影响了顾媚的决定。原来,这个姐妹本也嫁得不错,但后来夫家的妻妾总是欺辱她,丈夫起初还算爱她,辟了别院照顾她的生活。但后来,丈夫又纳新宠,便渐渐冷落她,不但不来看她,连生活上的来源也慢慢不再提供。无奈之下,该姐妹只好再回秦淮,重操旧业。顾媚是否真的受此事影响尚未可知,但根据《板桥杂记》中的记载,这样的血泪史的确曾活生生地出现过多次。所以,顾媚思前想后,决定与龚鼎孳订下一年之约。她不是让自己重新考虑,而是想让龚鼎孳考虑清楚。

崇祯十五年(1642年),国势飘摇,民声哀怨,局势动荡难安,黑云压顶,风雨欲来。龚鼎孳先送原配夫人回到老家合肥,然后便去南京接顾媚。一年约期已满,龚鼎孳如约而至,顾媚心潮澎湃。前有伧父之难,后有名士好友陈则梁苦劝自己从良嫁人,眼前又有痴心一片的龚鼎孳,顾媚嫣然一笑,终于下定决心,从此追随龚鼎孳。

当是时,龚鼎孳仍然在京任职,顾媚只能留在金陵充任

顾横波：
且将风光换荣光

"外室"。

一年后,即崇祯十六年(1643年),顾媚北上,与龚鼎孳在京团聚。从此,她结束了自己漂泊不定的秦淮歌伎生活,掀开了人生崭新的一页!

天荒地老相依偎

顾媚嫁给龚鼎孳后,改姓徐,字智珠。龚鼎孳喜欢称她为"善持",此后人们也喜欢以"徐善持"称呼顾媚。本来,经过几年的波折,二人终于能够团聚了,且少年夫妻,新婚燕尔,应是无比幸福。不料,龚鼎孳由于在朝堂弹劾官员太多,激怒了崇祯皇帝,结果被抓去下狱坐牢。顾媚刚刚开始的幸福生活就此停顿。

龚鼎孳其人,虽然平时沉溺声色,但还是比较热情好客的,也喜欢自认清流。此时离明亡已不远,估计他所弹劾的人事,很可能较为公道。但大厦将倾,龚鼎孳一下子弹劾那么多人,明摆着给皇帝添堵。所以崇祯一怒之下,将龚鼎孳降职查办,直接抓去下狱。

明朝监狱如何血雨腥风,大家都是有所耳闻的。真有祸事,殃及池鱼株连家人也是在所难免。当时,顾媚来到龚鼎孳身边才一个多月,遭逢此变故后,明里暗里收到了不少劝她暂避的提示。但是,顾媚坚持留京,誓要等龚鼎孳出狱团聚。

崇祯十六年(1643年)冬,顾媚担心龚鼎孳在狱中寒冷,跑到狱中给龚鼎孳送被子。顾媚走后,龚鼎孳夜半难眠,占诗抒情:"霜

落并州金翦刀，美人深夜玉纤劳。停针莫怨珠帘月，正为羁臣照二毛。""金猊深拥绣床寒，银翦频催夜色残。百和自将罗袖倚，馀香长绕玉阑干。"在龚鼎孳落难时，顾媚不但没有离开他，尚能想到以被送暖，情直抵心，令龚鼎孳非常感动。

崇祯十七年（1644年），龚鼎孳出狱还家，与顾媚团聚。龚鼎孳写下"料天荒地老，比翼难别"，以示对顾媚患难与共的感激。

同年，甲申之变爆发，国色突变，风起云涌，李自成攻陷北京，崇祯帝吊死煤山，明朝灭亡。有人说龚鼎孳投井自尽未遂，也有人说龚鼎孳并不是寻死，只是带着小妾顾媚藏身于枯井躲避战乱而已。不管是哪一种说法，结局都是一样的，便是被李自成军俘虏。

一般来说，鼎革之际，普通人的行为是不会引起太多关注的，他们选择逃难或跳井，都不过是茫茫人海中四处流散的一个平头百姓，又或者是乱世里被烧杀抢掠的某位无言的受害者。但对一个名人来说，他的一举一动都势必引起争议。他是自杀殉国，还是拒不出仕，抑或干脆投降敌军，都会被人牢牢记住。历史会铭记那一刻，光荣与耻辱，高尚或卑微。在龚鼎孳被抓后，作为一代文豪，他也同样面临这样的选择。结果，他选择了投降李自成，读书人向来重视名节，他也因此被视为翰林耻辱。

然而，更让人们瞠目结舌的是，等到吴三桂引清兵入关，多尔衮进驻北京后，龚鼎孳又再次降清。也就是说，短短一年中，龚鼎孳两次变节，两次投降：先降了大顺，后降了大清。此举遭到了很多人的鄙视，尤其是多尔衮，他非常厌恶龚鼎孳，说龚鼎孳竟然好意

思自比魏征,还把李自成比成唐太宗,真是荒唐无耻。

龚鼎孳对此给出的解释是:"我原欲死,奈小妾不肯何!"也就是说,本来龚鼎孳是打算自尽殉国的,但是小妾不许他死。这小妾便是从前的顾横波,如今的徐善持。

多少有点历史眼光和头脑的人,都知道龚鼎孳这句辩白实在太过无力。如果他真的是从心底里不愿意再活下去的话,一个小妾又怎么能拦得住他。何况,明末清初,很多文人志士虽然没有以死殉国,但也誓死不仕清廷。可龚鼎孳不但投降,而且投降速度之快,令人目瞪口呆。

但奇怪的是,时至今日,翻遍史书诗文,竟然找不到顾媚的任何说辞。从头到尾,顾媚都没有否认过这件事。所有人都心知肚明是龚鼎孳自己不想死,但顾媚却心甘情愿替龚鼎孳挡下了这一枪。

顾媚是一个成熟而有远见的女人。她当年选择嫁给龚鼎孳,并愿意执着坚守留在北京等他团聚,便是其心志强大的重要标志。及至龚鼎孳变节投降,顾媚其实并不赞同,但顾媚永远知道应该站在什么角色什么立场上来看待这件事。

比如,同样是丈夫变节,柳如是非常任性,不但拉着钱谦益去自尽,还自己率先跳水,大有让钱谦益摆脱后顾之忧的意思,搞得钱谦益很没面子,只得推说"水太凉"。跟龚鼎孳相比,钱谦益的借口就显得更为滑稽。所以,柳如是在处理夫妻关系方面,总显得不如顾媚成熟、圆润。

顾媚知道这个世界有一种秩序叫作"夫贵妻荣",她就算承担下

莫将花月等闲看

这件事，对她也没什么影响。而且，换个角度想问题，顾媚出身青楼，费劲心思嫁给了龚鼎孳，结果新婚一个月龚鼎孳就被抓去坐牢。好不容易放出来了，国家又灭亡了。她孤身一人，深处乱世，连个可以依靠的人都没有，即便真的不让丈夫去死，也是可以理解的。所以，某种程度上，顾媚不但充当了丈夫政治变节的挡箭牌，而且无形之中还为此事起到了推波助澜的作用。

善解人意，夫唱妇随，恐怕也是龚鼎孳宠爱顾媚的一个重要原因。

龚鼎孳降清之后，因为受到多尔衮的鄙薄，所以政治上不受重用。再加上，又被诬为"明朝罪人，流贼御史"，可以说几乎没什么作为。但似乎，这正好成全了龚鼎孳和顾媚的生活，二人诗文共进，煮茶论道，反倒过得逍遥快活。

但是很快就有人弹劾龚鼎孳。顺治三年（1646年），有人上书弹劾他，说他曾经在江南花千金买妓女顾眉生做妾，歌舞达旦，寻欢作乐，龚鼎孳对她恋恋多情，搜罗各种奇珍异宝献给顾媚使其欢心。龚鼎孳的行为已成了街头巷尾的笑话。

龚鼎孳这个人，说起来倒真是有些另类。他收到父亲亡故的讣闻后，歌舞如故。而且写哀悼的诗文，竟然词藻华丽。他本身确有惊世之才，礼教上也是百无禁忌，对因时因地为人处世更是全不在乎，整天只顾着自得其乐。所以，弹劾成功，他被降两级调用。不过，这种事情，完全不会影响龚鼎孳和顾媚享受生活的雅兴。只是偶尔，龚鼎孳觉得确实有些连累了顾媚。

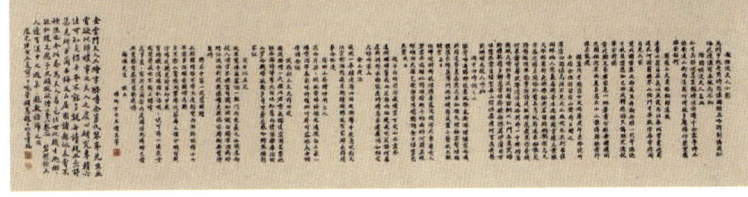

好在，补偿顾媚的机会，很快就来到了。

秦淮第一夫人

顺治八年（1651年），龚鼎孳时来运转，被任命为刑部尚书，官居一品。

龚鼎孳能够时来运转重新被任用，有很多原因。第一，顺治七年，多尔衮死了，压制龚鼎孳的豪强势力瓦解了。第二，顺治皇帝本身亲近汉族文化，所以执政期间虽受诸多牵制，但一有机会便重用汉族文人。第三，龚鼎孳自降清之后确实做了很多效忠清朝的事

情，他敢于蔑视礼教的性子使他经常直言进谏，如他自己所说，倒颇有几分魏征的风范。这"于国有益"便是他升职的重要原因。

龚鼎孳升职后，朝廷要对他的原配夫人进行加封。龚鼎孳的原配童夫人在前朝受了两次封赏，但因龚鼎孳那时官阶较低，所以她只被封过"孺人"。龚鼎孳进京做官，先是落难，后又复起，她都留在合肥老家，不肯随龚鼎孳进京。有人据此赞扬这童夫人以自己的实际行动显示了对龚鼎孳投清的抵制，比龚鼎孳的气节还要高！实际上，童夫人未必不想与龚鼎孳出双入对，她不能如愿，多半是因为顾媚的缘故。所以，当朝廷封赏下来的时候，童夫人便对龚鼎孳说："我经两受明封，以后本朝恩典，让顾太太可也。"

童夫人说这样的话，表面上是不满意龚鼎孳降清，实际上是不满意顾媚专宠。她心里也衡量过，顾媚虽然深受龚鼎孳宠爱，但她毕竟只是一个小妾，而且还曾是青楼歌伎，自己假装谦让，丈夫和顾媚必然都拒不敢受，这个"诰命夫人"的头衔还是会落在自己头上的。

但童夫人万万没有料到：龚鼎孳简直就是一个"活宝"！他完全不在乎别人怎样看他怎样看顾媚，他就愿意不惜一切把全部的爱都给顾媚。所以，当听说童夫人不愿进京领赏，龚鼎孳不但没有半点尴尬，而且高高兴兴就上奏章向朝廷请赏，要求封小妾顾媚为"一品夫人"，大有"正中下怀"之快。于是，顾媚顾横波，这个曾经纵横秦淮风光无限的青楼歌伎，完成了古往今来从良路上所有妓女做梦都不敢想的事情——以"亚妻"的光荣身份被封为"一品诰命夫人"，

走向了人生中最辉煌的岁月。

顺治十二年（1655年），耿直无忌的龚鼎孳再次上书奏事，结果因为事关满汉，他又不肯妥协非要为汉族文人争个短长，所以被降了八级！不久，因为再次进言得罪亲贵，又被弹劾再降两级。到顺治十三年（1656年），龚鼎孳从一品大员就沦为"上林苑蕃育署署丞"，变成了上林苑看管蔬菜的芝麻官儿。

顺治十四年（1657年）十一月初三，已被贬官的龚鼎孳丝毫不吸取教训，照样我行我素任意妄为。即便官阶卑微，他仍然在秦淮河为三十九岁的顾媚风光贺寿。龚鼎孳不但请了无数名流雅士来为顾媚庆生，同时还请了不少顾媚当年的姐妹秦淮歌伎们并席而坐。诗酒文章，歌喧舞闹，顾媚真是出尽了风头。据说，当天有龚鼎孳门下弟子捧酒跪拜顾媚，由于这弟子官阶很高，在座的人见到此景，均作离席状，龚鼎孳为此甚是得意。

当然，顾媚能够受人尊敬，不仅是凭"一品诰命"这个封赏，更重要的是自身所散发的个性与魅力。余怀说："尚书雄豪盖代，视金玉如泥沙粪土，得眉娘佐之，益轻财好客，怜才下士，名誉盛于往时。"龚鼎孳怜才爱才，经常倾尽财力帮助贫寒子弟，慷慨助学。而顾媚嫁给龚鼎孳之后，对此非常支持，所以龚鼎孳更加乐善好施。及至顾媚去世，龚鼎孳每逢再施援手，都恍惚觉得顾媚就在身边。

另外，龚鼎孳虽然投降了清朝，但他和顾媚依然非常支持和保护反清人士。《青楼小名录》里记载，当时的反清人士阎尔梅为避难，

莫将花月等闲看

曾经被顾媚藏在侧室中，才逃过一劫。所以，袁枚说："秦淮多名妓，但柳如是和顾横波两位夫人礼贤爱士，侠骨嶙嶒。"当年，龚鼎孳入狱时，顾媚不离不弃，龚鼎孳写诗称赞她："一林绛雪照琼枝，天册云霞冠黛眉。玉蕊珠丛难位置，吾家闺阁是男儿。"看来，此诗写的不仅是家务事，也关乎顾媚的侠义。

顾媚从不是那种刚烈勇猛的类型，但她性格低调，不喜张扬，也能宠辱不惊，坚韧不拔。所以，龚鼎孳宦海沉浮，屡跌屡起，她总能从容不迫地陪在身旁。他们二人同荣辱共进退，始终相知相守相依偎，让很多人羡慕不已。对顾媚来说，生活已经足够美满幸福，甚至还有些奢华。

但人生永远没有真正的圆满，顾媚其实也有那么一点小遗憾。

女人的潜意识里似乎有一种共识，即如果女人爱上一个男人，第一，她要"以身相许"；第二，她想"绵延子嗣"。"嫁人"与"生子"，在很多女人心里都是对爱情的最高敬意。所以，无论龚鼎孳如何百无禁忌，顾媚心里始终存着这样的理想。

顾媚想为龚鼎孳生子的原因主要是想报恩。她已经以"亚妻"之名，受了"一品诰命夫人"的封赏，其荣耀无法忽视，所以其家族地位非常稳固。但是，龚鼎孳对她的万千宠爱，唯命是从，让顾媚不但心生爱意还满怀感恩。她想在他们的爱情之上再加一份光环，再加一份浪漫，让彼此的关系更紧凑更亲密些。所以，顾媚想生个孩子。

这种事放在一般女人身上，顶多是拜佛求子，或者捐钱放生，

又或者到处寻找生男秘方。但是，这些放在顾媚身上，都算不了什么。她百计求子的方法，不但震惊当时，而且震惊后世。

顾媚因为没有儿子，就命人用香木雕了个小木头人儿，而且弄得四肢都能活动，还像模像样地用精致的绣缎做了襁褓。这还不说，更荒唐的是，顾媚找了个保姆伺候它便溺，还找了个乳母来喂奶，让人称呼它为"小相公"。当地人都称之为"人妖"。更令人费解的是，顾媚闹成这个样子，龚鼎孳不以为耻反以为荣，丝毫没有责怪她的意思。当真是爱如珍宝，情比金坚。

顺治十五年（1658年），40岁的顾媚虽然没有生下儿子，却为龚鼎孳生下一个女儿。不幸的是，由于感染了天花，这个女儿生下来没几个月便夭折了。顾媚哀伤过度，从此专心礼佛，不作他想。

康熙三年（1664年）五月十四，龚鼎孳和顾媚月夜泛舟游于西湖。楼台翠色，人间灯火，月明如洗，水天一碧。二人酒语连连，情话绵绵，卿卿我我，旁若无人，甜蜜情状恍若新婚。千百年的西湖，今夜仿佛是专为他们准备，又似是专为他们送行。

同年七月，46岁的顾媚病逝于北京铁狮子胡同。相传，因长期礼佛，死时显老僧相。

康熙五年（1666年），龚鼎孳扶顾媚灵柩回江南，举行了隆重的葬礼。社会名流纷纷赶来吊唁，未及到场的也于各地焚香拜送。龚鼎孳在厚葬顾媚之后返回北京。此后，每年顾媚的生日，龚鼎孳都到长椿寺"妙光阁"念经礼佛，纪念亡妻。

康熙十二年（1673年），龚鼎孳病逝于北京，他与顾媚的爱情在

尘世画上了圆满的句号。

"秦淮八艳"中,顾媚是最幸运也最幸福的一个。她的幸运来自遇到了生命中的真爱,她的幸福来自抓住了这份爱。当然,她最大的幸福是她先于龚鼎孳离开尘世。人生百年,早晚都有这一步,离去时身边有爱人,离去后尘世有人爱,得其如此,夫复何求?

卞玉京（1623—1665）：一见钟情误此生

聊将锦瑟送流年

顺治七年(1650年)秋,拂水山庄的主人钱谦益正在为无法撮合一对旧情人而发愁。

起先来到山庄的是清初著名诗人吴梅村。二人在交谈中,钱谦益听出吴梅村的语气里有很多对往事欲说还休的留恋。于是,他本着成人之美的想法,差人去请吴梅村的旧情人卞玉京到府上做客。接到邀请的卞玉京如约而至。

生活中,确有很多爱侣,因种种缘由未能长相厮守,留下一生遗憾。待到云开雾散,鸳梦重圆,也能成就一段人间佳话。所以,卞玉京的到来,不但给足了钱谦益的薄面,而且也给吴梅村带来了巨大的希望。

按理说,这本是一件好事。但钱谦益却觉得非常挠头。因为卞玉京来是来了,但是她穿花廊扶阑干,绕过前堂,竟然直奔后堂,去找钱夫人柳如是聊天去了。这柳如是是与卞玉京,当年都是秦淮河畔有名的歌伎,姐妹情深,叙旧话家常,也是情理之中的事。但吴

梅村被撂在那里,留也不是,走也不是,真是尴尬极了!

此时吴梅村,已经知道昔日的恋人近在咫尺。往事桩桩件件历历如新,心头层层波澜,缕缕情丝,既有缠绵悱恻之情,也有纠结难舍之憾。钱谦益自然知道吴梅村的心事,于是便派人去后堂请卞玉京出来会友。

第一次去请,卞玉京说自己没有化妆,不能见客。

第二次去请,卞玉京说自己身体不好,不方便见客。

一次次地怀抱希望愿得一见的吴梅村,收获的是一次次的失望。咫尺天涯!吴梅村心中此起彼伏,越见不着,越放不下。当年苦等承诺、始终期待却最终绝望的卞玉京,与如今的吴梅村应该并无二致。

吴梅村感慨良多:"予本恨人,伤心往事。江头燕子,故垒都非;山上蘼芜,故人安在?久绝铅华之梦,况当摇落之辰。相遇则惟看杨柳,我亦何堪;为别已屡见樱桃,君还未嫁。听琵琶而不响,隔团扇以犹怜;能无杜秋之感、江州之泣也!"吴梅村以江山易主的悲凉,弃妇逢夫的哀怨,深深地为自己感到遗憾。

有人说卞玉京始终躲在后堂不肯出来见吴梅村,是在报复吴梅村当日的无情与辜负,所以借此来折磨吴梅村的感情。可凡尘俗世,能够手起刀落挥慧剑斩情丝的人毕竟只是少数。大部分人,都是走走停停,犹犹豫豫。卞玉京接到钱谦益的邀请便欣然赶来,恐怕也是打算见吴梅村的。但心事重叠,纷至沓来,到最后竟也说不清楚为什么要见他,该以怎样的姿态来见他。

毕竟，此时的卞玉京已经身披道袍，告别俗世多年了。

卞玉京当年沦落风尘，能够偶遇吴梅村并相伴相守走过青春岁月，在她，已是人生之幸。她没有怪他，也没有怨他。那个自己曾经打算将生命最甜美的希望与最真挚的感情交给他的男人，她是永远也恨不起来的。但卞玉京知道，他们终将要有一次见面，也许是寒暄叙旧，也许是促膝长谈……她一定会找个机会，好好地与他道别。

在钱谦益三番五次的恳请下，卞玉京终于传出话来，此番虽未得见，下次愿去吴府登门拜访。

吴梅村知道，卞玉京此番有意推脱不愿见自己皆是因为自己从前曾辜负过她。前尘往事，迢迢入梦，他起笔写下《琴河感旧四首》聊以自慰。其中，以第二首最为著名：

休将消息恨层城，犹有罗敷未嫁情。
车过卷帘徒怅望，梦来裙袖费逢迎。
青山憔悴卿怜我，红粉飘零我忆卿。
记得横塘秋夜好，玉钗恩重是前生。

在这首诗中，吴梅村将自己对故国的哀思，对情人的怀念，都深深地刻在诗句中。在改朝换代的这些年中，吴梅村出任清官仕途坎坷，卞玉京惊慌逃难屡遭厄运。青山憔悴，红粉飘零，而今能够记得的还是当年的"横塘秋夜"。这一生，君主恩重，美人情浓，吴

晚春雨霁图　吴梅村绘

梅村却都生生辜负了。如今想来,倒有些恍如隔世。

笔墨未干时,吴梅村只能自顾伤感:"吾自负之,可奈何!"

让吴梅村没有想到的是,半年之后,也就是1651年春的一天,卞玉京突然出现在吴府门外。她身着道袍,背负古琴,带着弟子柔柔来吴府做客。

卞玉京先是含泪为吴梅村讲了一个故事。她说,我在秦淮,听说有个绝世女子,被挑中选入后宫。但还没有来得及入宫,世道便乱了起来。乱军中有将士手挥皮鞭,驱散了她和姐妹们,从此她也下落不明。身逢乱世,她沦落至风尘,一切都是命,又能怨得了谁呢?表面上,卞玉京讲的是一个与自己毫不相干的故事,但实际上,吴梅村知道,她说的就是自己的经历。她今天愿意讲出缘分天命的话,不过是想减轻压在吴梅村身上的负罪感。

卞玉京悠悠地讲完这些后,就开始为吴梅村弹琴、唱歌。曲子一唱三叹,往事如梦如烟,唱到深处,触动心底情怀,不禁泪洒胸前!

吴梅村呆呆地望着她,知道这女人将要在自己的生命中彻底消失了。她不是来拜访的,而是来道别的。她的哀伤痛楚在素雅的道袍上渐渐清晰,却在淡然的神态下缓缓消失。当这寂静的属于他们两个人的世界中,他听到她的心花扑簌簌落下的声音。

卞玉京来到他生命中时惊天动地,到了告别的时候,她也依然要轰轰烈烈。这就是卞玉京,当年那个谈辞如玉、满座倾倒的身影再次浮现在吴梅村的脑海中……

初见倾心

卞玉京争艳秦淮的时候人长得漂亮,名气也非常响亮,按照明末遗老余怀的说法,秦淮八艳里"李、卞为首,沙、顾次之"。李是李香君,顾是顾媚,都是名动千古的秦淮佳人。沙是指沙才,传说她"美而艳,丰而柔,骨体皆媚,天生尤物也"。但即便美到如此程度的沙才,其声名姿色也要排在卞玉京后面。可见卞玉京当年真是色艺双绝,名满秦淮。

卞玉京原名叫卞赛,因为后来出家做了道士,自称玉京道人,所以人们常称她为"卞玉京"。她懂书法,工小楷,会鼓琴,善画兰。吴梅村曾对她的书法和琴艺给予高度的评价,他说:"……玉京明

慧绝伦，书法逼真《黄庭》，琴亦妙得指法。"而关于卞玉京的画技，《板桥杂记》也有明确的记载。说卞玉京画兰，"喜作风枝裊娜，一落笔，画十余张"。显然，卞玉京是一位画风极其潇洒豪放的画家。她将优雅秀丽的兰花画得枝叶纵横、酣畅淋漓，不像是在作画，倒像是在抒发自己内心的狂野。卞玉京的妹妹卞敏也是画兰高手，但平常作画，只是以三两朵兰花点缀其间。当时的文人雅士，喜欢将姐妹俩的画作放在一起来欣赏和收藏。

有时候，鉴赏佳作与欣赏美人，在审美方面是极为相似的。在欣赏艺术品的时候，每个时代固然都有大致趋同的主流审美品位，但能够在差异化的比较中呈现出异彩纷呈的风格，才更容易引发人们对美的探索与寻求，从而浮想联翩，心驰神往。就像秦淮河畔的歌伎，虽然多是色艺俱佳，但那些能够留名青史的，细品起来，也是各有滋味。马湘兰以傲胜人，柳如是以才冠名，寇白门以侠著称，陈圆圆以美传世，而这卞玉京，则是颇有几分仙气。

《十美词纪》里记载卞玉京，说她"不好华饰，不轻与人狎，似良家妇"。也就是说，卞玉京与普通秦淮歌伎不同，她虽然才华横溢，但气韵清冷，神情高傲，且衣着素朴，不喜华美，看起来，就跟普通人家的女子没什么分别。遇到王孙公子，有时候会拒之于门外，即便见客，也不擅言辞。但"若遇佳客则谐谑间作，谈辞如云，一座倾倒"。卞玉京属于典型外冷内热的女人，你见她冰雪颜色，气质清幽，一副不食人间烟火的仙子模样；但若遇到心仪的男子，她就会变得机智幽默、开朗活泼、妙语连珠。

另外,卞玉京的仙气可能与她总是带着三分醉意有关。当年的江南盛传这样两句诗:"酒垆寻卞赛,花底出陈圆。"可见卞玉京不但喝酒,且喝出了名气。每当想起她拎着酒壶潇洒自如地作画,一口气十余张兰花图的姿态,或是她酒逢知己,浅酌微醺后,谈笑风生的样子,就觉得这个女人真是可爱。

世间女子固然千姿百态,但愿意在酒杯中释怀,愿意借着酒劲儿任性狂放的,却不多见。因为酒后真言,多为坦诚旷达之语,须有通达明透的襟怀才能看得开、放得下。而在酒桌前谈情说爱,就更需要智慧。遇到真性情者,自然可以披肝沥胆、山盟海誓;遇到含糊暧昧装傻充愣的主儿,也得相视一笑假充戏言,自己给自己搭梯子下来。

所以,青楼与酒楼,都是人生最为恣意的欢场。这种场面下生成的爱恨,最是不能当真的。谁认真,谁就输了。

崇祯十四年(1641年)春天,即将去成都做知府的吴志衍,在苏州虎丘摆筵席庆贺。席间,自然少不了歌舞欢腾,卞玉京便在此列。而吴志衍弟吴梅村作为亲友团成员也应邀出席。一个是魅力四射的才子,一个是薄酒微醺的佳人,两个人,一段情,今生的故事就此展开。

卞玉京对吴梅村可说是一见钟情。据吴梅村自己回忆:"与鹿樵生(吴自称)一见,遂欲以身许,酒酣拊几而顾曰:'亦有意乎?'生固为若弗解者,长叹凝睇,后亦竟弗复言。"卞玉京借着绵薄酒力,三分醉意,对吴梅村吐露真情,问他:"是否也有意娶我?"吴梅村

回答得非常含糊,说了些什么"久慕芳容"之类的客套语,对实质性问题干脆假装听不懂,不予接话。卞玉京虽说有些醉了,但心里还是明白了,这是人家吴梅村不愿意娶我,所以装作不解,自己不能再问了。卞玉京叹息一声,不再说话。

那么吴梅村到底是否动心了呢?从他后来的文字看,他当年肯定是对卞玉京动情了,也知道卞玉京的心思,但是他不敢对此做回应。

后人对吴梅村为何没有娶卞玉京的原因,大致归纳为三点:一是当时崇祯帝的宠妃田妃的父亲和哥哥,为了笼络皇上,保住自己的地位,正在江南各地为崇祯搜罗美女,卞玉京名声在外,已经和陈圆圆一样被田家盯上了。吴梅村根本不敢跟国丈与国舅抗衡。二是,吴梅村当时在南国子监任事,明朝有规定,官员不得在自己领地内纳妾,所以他不能公开违法。三是,吴梅村祖上比较阔绰,到他这一代家道日渐中落。他在崇祯四年(1631年)时中过榜眼,一直是皇帝面前的红人,崇祯曾亲赐婚假让他回乡成亲。吴梅村不愿意为了一个歌伎牺牲皇帝"赐婚"的殊荣。所以,在吴梅村看来,他的婚姻得有皇帝指婚,即便没有指婚,娶妻纳妾也该是良家妇女。说到底,前面两个原因再怎么冠冕堂皇,有理有据,也不过是在为第三个借口做掩护。

反正爱情就是这样,爱你的时候可以有一千种理由,不爱你的时候总有一千零一种借口。吴梅村正是将这一原则发挥到极致的男人。

往事付与红尘

吴梅村的老师张鸿曾经这样评价自己的学生:"人间好事皆归子,日下清名不愧儒。"一语中的,击中吴梅村的要害。因为祖上曾经显赫过,所以吴梅村自觉应肩负起光大门楣的重任,最在乎的就是"清名"。他一生规规矩矩,小心翼翼,如临如履,钟爱自己的名声甚至超过自己的生命。他人生的跑道绝不能出现任何一点"出轨"的差错,因为一丝一毫的失误都将给他的"复兴大业"带来深远的影响。更何况,这不过是一场不期而遇的爱情。卞玉京的出现虽然是打动了吴梅村,但他还没有心动到能够放弃自己苦心经营的良好形象和热切渴望的美好未来。

卞玉京把"绣球"抛给吴梅村,吴梅村没有接,但也没有躲。不主动寻找,也不轻易拒绝。这是吴梅村的态度,也是很多男人面对感情的暧昧姿态。这样一来,两个人之间就有了一块很是矛盾的"灰白地带":既没有明确的承诺与表白,又常常以情侣的姿态在公众面前出双入对。吴梅村从未对卞玉京表白爱意,也不对这感情有任何承诺。他要享受权利,却不要履行义务。男人虚伪、自私、狡诈的一面,在吴梅村身上表露无遗。

但陷在爱情里的卞玉京,不愿把爱人想得如此不堪,而且,她选择生活的机会本也不多。因为那个时代的青楼女子都属于在籍的贱民,她们是时代的公共财产,整个社会都充满着对她们的掠夺。她们没有地位不说,连基本的人身自由也没有:可以被征召、被抢

夺、被占用、被瓜分,甚至被转让和赠送。现在,卞玉京所心仪的爱人与爱情近在咫尺,几乎唾手可得,但吴梅村却并不开口承诺,即便是在最浓情蜜意的时候,他也不肯对她的未来担一点责任或给她一丝希望。久而久之,卞玉京也有些失落。

相聚的时光非常短暂,转眼就到了第二年。

在他们分别的第二年,先是李自成攻占北京,而后清军入关,长驱直下,金陵迅速沦陷。在这短短的时间里,卞玉京遭遇了两次劫色:第一次她是躲国丈抢亲;第二次,她是躲清军劫掠。在这两次大动荡中,吴梅村都没能成为庇护她的安全港湾。

"宁为治世犬,莫为乱世人!"如果世道不乱,她倒是可以再等等,一直等到吴梅村开口应下亲事,或者哪怕只是跟着他做个普通的侍女。但乱世中漂泊的她,无依无靠,身似浮萍,纵是一腔深情,也无法等到开花结果。山水迢迢,浑浊尘世到处都是出路,却没有一条是属于她卞玉京的。她对世俗失望,也对爱情心寒,更是为了躲避各种伤害与掠夺,卞玉京只得换上道袍,带上古琴,乘小船从丹阳顺水漂流逃离南京,做了"玉京道人"。

从此,万般心事东流水,往事付与红尘!

分别后的数载春夏,也曾彼此想起,也曾彼此惦念,直到时光定格在1651年的那个春天。

那年春天,卞玉京带着侍女柔柔,亲自到吴府拜访。她歌声低回,琴音哀婉,泪水长流。多少当年的情愫,伴着多年的辛酸,缓缓地收拢于心头,结束在指尖。正如《听女道士卞玉京弹琴歌》中所

写:"十年同伴两三人,沙董朱颜尽黄土。贵戚深闺陌上尘,吾辈飘零何足数!"对于当时的乐籍女子来说,爱无所依情无所托的悲剧频频发生,卞玉京身心俱疲已不会再为此埋怨他人了。但吴梅村心里琴歌呜咽,愁绪满怀,久久挥之不去。

告别之后,吴梅村送卞玉京离开,兵火过后的横塘,风光与旧时无大差别,但他们却不得不面对彼此的沧桑。

两年后,卞玉京嫁给了杭州官宦。但感情不和,卞玉京干脆让侍女柔柔去侍奉丈夫,自己"乞身下发",又回苏州做了道士。

三年后,吴梅村在清朝为官,开始了新的仕途。

有人说是清朝强行征召吴梅村,并以他母亲相威胁,吴梅村不得已出仕清廷。不管何种原因,从顺治十年(1653年)到十四年(1657年)间,他只做了四年的清官,却从此终身背负着"贰臣"的骂名。"千人石上千人坐,一半清朝一半明。寄语娄东吴学士,两朝天子一朝臣。"吴梅村这一生,先皇恩深,他辜负了前朝恩泽而降清做官!美人情浓,卞玉京一腔热望愿与他白首相约,却被他硬生生拒绝!晚年回忆此生,他常常自觉"纵比鸿毛也不如"。

再后来,卞玉京被一位七十多岁的老中医郑保御收留。老人待她很好,并为她专门建了一座楼,让她静心休养。卞玉京坎坷半生,终于有了一个温暖而踏实的落脚地。她感念郑保御的恩情,又觉无以为报,于是连续三年,用针尖刺舌取血,为郑保御抄写《法华经》。卞玉京用自己生命的最后岁月来感谢这个给了她现世安稳的人!"开悟读楞严,成佛读法华。"在她心里,郑保御便是她的佛祖,救她于

颠沛流离,还她于岁月静好!

卞玉京虽然生活安稳、平静,但持戒很严。她长斋绣佛,十余年后过世,被葬在惠山祇陀庵锦树林。

康熙七年(1668年)九月,六十岁的吴梅村,想起伤心往事,半生情缘,写下《过锦树林玉京道人墓》:

> 紫台一去魂何在,青鸟孤飞信不还。
> 莫唱当时渡江曲,桃根桃叶向谁攀?

可惜的是,再多的低低情语都唤不回昔日恋人的一句回答了。

值得一提的是,那位守护卞玉京最后岁月的郑保御,竟是她前夫的一房远亲。每每思及,不免感叹,有时候那些看起来毫不相干的爱恨,其实都是命运埋下的巨大伏笔。也许,由始至终,卞玉京付出的爱从未消失过。那些爱经由美好的循环,最终又重新流入她的心田。

董小宛（1624—1651）：
一生爱你千百回

从秦淮名妓到一代宠妃

据说,她那年生病后并没有死。兵荒马乱中,她被降清的前明将领洪承畴给抓住了,洪承畴将她带到北京献给了顺治皇帝。顺治皇帝非常喜欢她,于是封她为贤妃,后又晋为皇贵妃,爱如明珠美玉。也有人说因为她是非正规途径入宫的汉人,所以根本没有资格当妃子,不过就是普通宫女。但由于顺治帝的宠爱,她还是遭到了宫内满族嫔妃们的嫉妒,孝庄太后为消除众怒,便将她秘密囚禁在西山,后来又派人去杀她。结果有人给她通风报信,她就从西山逃走了。香踪何处,再难寻觅。由于顺治皇帝对她爱得如痴如醉,所以失去她后万念俱灰,连皇帝也不做,跑去五台山出家当了和尚。她——就是董鄂妃,引发清初四大疑案之一顺治皇帝出家之谜的女主角,也有人说,她就是明末清初的秦淮歌伎董小宛。

另有说,她之前的丈夫冒辟疆不敢泄露小宛失踪的真相,所以只能隐晦地写回忆录说她是病死的。但冒辟疆又不愿意让小宛的身份和才情湮没于世,于是委婉地告诉了朋友吴梅村。吴梅村先后写下几首诗,暗示后人董小宛其实就是董鄂妃。其中,最能说明问题的两首诗,一是《清凉山赞佛诗》:"可怜千里草,萎落无颜色。"千、里、"艹",加在一起就是"董"字。另有《古意》六首,其中一首是:"珍珠十斛买琵琶,金谷堂深护绛纱。掌上珊瑚怜不得,却教移作上阳花。"相传,写此诗时,吴梅村正在京城做官,亲眼目睹了顺治帝和董小宛的感情,所以替朋友发出叹息:你爱她如掌上珊瑚,却被移到上阳宫承欢雨露去了。

当然,以上种种皆为传奇,俱不可信。

可信的是孟森先生的《董小宛考》,他澄清了所有的"无稽之谈"。也就是说,顺治皇帝的董鄂妃与秦淮八艳中的董小宛,根本就是截然不同的两个人。

董小宛,原名董白,字小宛,又字青莲,别号青莲女史。文载,其"天姿巧慧,容貌娟妍,七八岁时阿母教以书翰,辄了了"。关于董小宛的出身也有两种说法,一种说法是董小宛的生母陈大娘,本身就是南曲歌伎,父亲董旻是一个清客。小宛自幼受母亲调教,学习词曲歌舞等技艺,长到十三四岁已经是琴棋书画样样精通,于是女承母业成了秦淮歌伎。而且由于是歌伎世家,董白的妹妹董年也是一位风尘佳丽。这样说来,便与卞赛、卞敏姐妹颇有几分相似了。

另一种说法是董小宛少时家境富有,衣食无忧。父亲在当地开了一家颇为有名的"董家绣庄"。母亲姓白,父母恩爱和睦,于是将二人姓氏合在一处,为独生爱女取名"董白"。董小宛十三岁的时候,"绣庄"经营不佳,伙计合伙骗钱,母亲又生了病,所以小宛被逼无

蝴蝶图 董小宛绘

奈出来挣钱还债，赡养母亲。根据董小宛的才华、品性、及其对爱情、婚姻的态度，人们普遍认为第二种说法相对合理，即董小宛是因为家贫而沦落风尘的。

那些因家境所迫落入风尘的女子，落入青楼后多有不甘，但因无力挣脱命运的摆布，后来也只能无奈地认命了。但董小宛生性倔强，命运的镣铐对她收得越紧，她的反抗精神就越强烈。余怀说她"少长顾影自怜，针神曲圣，食谱茶经，莫不精晓。性爱闲静，遇幽林远涧，片石孤云，则恋恋不忍舍去。至男女杂坐，歌吹暄阗，心厌色沮，意弗屑也"。

也就是说，董小宛虽然多才多艺，"针神曲圣，食谱茶经，莫不精晓"，但她性格恬静冲淡，喜欢云水林石，热爱自然，对青楼中的男欢女爱笙歌艳舞心生不屑，压根儿就不喜欢这种生活。每逢此情景，她必显出厌倦和沮丧的神色。按常理说，男人来到风月场所都是为了寻欢作乐的，这种心不在焉偶尔还摆脸色给客人看的姑娘，实在是既缺乏职业素养又缺乏职业热情。放在一般人身上，这是非常不受欢迎的。

但董小宛是个特例。她那娴静柔媚的忧郁气质，那漫不经心又满怀愁绪的眼神，对于文青和文老来说，无疑是极具吸引力与诱惑力的。而这类特定人群，多半是有闲钱也有闲情的文人雅士，他们通常和董小宛一样喜欢游山玩水，亲近自然。所以，董小宛就被这些人牢牢锁定了。她经常能收到一些社会名流们结伴出游的邀约，她也乐于陪钱谦益、吴梅村这些名人游西湖、登黄山，醉心于自然

景观,陶冶出人文情怀。

山水怡情,佳人悦目,引得文人们笔底生情,赞誉纷纷。吴梅村就曾在结伴出游时,写诗称赞董小宛:"钿毂春郊斗画裙,卷帘都道不如君。白门移得丝丝柳,黄海归来步步云。"此诗将董小宛摇曳多姿,妩媚动人,步步生香的气质描写得如诗似画。美人自是这湖光山色中最灵动的点缀;而这湖光山色也为佳人更添了几分妩媚。

因为董小宛经常出去陪客游玩,档期不太固定,所以想一睹芳容就显得比较困难。但对于真正的爱慕者来说,为结识佳人,寻个三番五次也实在算不了什么。精诚所至,此生有缘,早晚都会遇见。

当年的冒襄,持的就是这种态度。

醉仙女误入凡心

冒襄,字辟疆,号巢民,如皋(今江苏)人。冒辟疆的爷爷和父亲都是进士出身,父亲冒起宗是明末很有政绩和威望的官员。冒家诗书传家,是当地一大望族。冒辟疆本人是复社成员,与陈贞慧、方以智、侯方域并称为"明末四公子"。他本人非常聪明,文采也好,人又生得风流倜傥,可以说是当时的俊才!但冒辟疆运气不太好,考乡试考了几次都没有考中。这个时候,他的朋友方以智为让他舒怀,就给他推荐了"才艺双绝"的董小宛:"秦淮佳丽,近有双成,年甚绮,才色为一时之冠。"("双成"指董双成,意为传说中的仙女。)

董小宛在当时被誉为乐籍奇才,心性高洁却性格温婉,喜好山水且时常外出远游,颇有点人间仙子的味道。《板桥杂记》将她描述得更是如梦如幻:"慕吴门山水,徙居半塘,小筑河滨,竹篱茅舍,经其户者则时闻咏诗声或鼓琴声,皆曰:'此中有人。'"说她因为喜好吴门山水,于是迁到半塘去住,在那里围竹篱筑茅舍,人们从她门前走过,总能听到里面诵诗或是鼓琴声,方才知道里面有人居住。山水氤氲,林静鸟鸣,偶尔有清脆的读书声或悠扬的鼓琴声,住在其中的会是怎样一位清幽的美人。

单是这传说就已让人心神荡漾,何况还有好友的鼎力推荐,冒辟疆的心里微微地泛起莫名的情愫,也生发出一睹芳姿的决心。

崇祯十二年(1639年),冒辟疆赴南京乡试再次失败,于是打算见见董小宛便走了。不巧,董小宛刚刚得罪了权贵朱统锐,跑到苏州避难了。冒辟疆追到苏州,董小宛又去了半塘。等冒辟疆专程来到半塘拜访董小宛,她又跑去陪客人游太湖了。冒辟疆就这么来来回回折腾了好几次,到底还是没有见到董小宛。

窈窕淑女,君子好逑。求之不得,辗转反侧。失望肯定是有一些的,但更多的是不甘心。屡次见不到董小宛,冒辟疆心中的期待值更是直线攀升。他滞留在苏州,跟名气也不错的名妓沙九畹、杨漪照往来频繁,其间又去找了董小宛几次,却始终没见着。临到最后要离开苏州了,冒辟疆不死心,又去半塘访董小宛。功夫不负有心人,这次他终于等来了董小宛。

那天,董小宛刚刚从外面饮宴归来,正在闺房里休息。母亲来

告诉她:"那个冒公子数次前来只为见你一面,今天是不是出去打声招呼?"于是,董小宛就在别人的搀扶下歪歪斜斜地走来,她云鬓微松,步态轻摇,穿花绕廊地走过来。她走向冒辟疆,也走向自己不能预料的未来。

很多年后,当董小宛已经香消玉殒,魂归仙界,冒辟疆回忆起当年初见时的样子,依然是言语带笑,寸心含情。他说初次见到董小宛,她薄醉微醺,眼神虽有些散乱,却带着点儿酒后的慵懒与娇憨。"面晕浅春,缬眼流视,香姿五色,神韵天然,懒慢不交一语。余惊爱之,惜其倦,遂别归,此良晤之始也。"首次出镜的董小宛给冒辟疆带来了"惊喜",冒辟疆怜惜她尚未醒酒有些疲倦,所以匆匆别去。吴梅村曾在《题冒辟疆名姬董白小像》中记录了冒辟疆与董小宛的这次相识:

京江话旧木兰舟,忆得郎来系紫骝。

残酒未醒惊睡起,曲栏无语笑凝眸。

这一年,董小宛只有十六岁。她美丽的容貌、俊雅的醉态,深深地留在了冒辟疆的心中。

第二年夏天,冒辟疆到半塘找董小宛,发现董小宛陪着客人游西湖去了,后又陪客人去黄山、白岳等地游玩。

第三年早春,冒辟疆去探望做官的父亲,路过苏州,想再见一下董小宛,发现她仍然滞留在黄山没有回来。

青莲女史绘

冒辟疆的心里正失望时，有朋友安慰他，说见不到董小宛不如见见陈圆圆，她也是"梨园之胜，不可不见"。于是，冒辟疆便和朋友去听陈圆圆唱戏。戏台上的陈圆圆，盈盈冉冉，有股清幽淡雅的韵味，真是"如云出岫，如珠在盘，令人欲仙欲死"。就这样，冒辟疆和陈圆圆一见钟情。

但是冒辟疆由于要急着去看父亲，所以只好和陈圆圆相约八月的时候再回来见她。结果秋天的时候，冒辟疆回来发现陈圆圆被豪强掠走了，心里非常着急，到处打听陈圆圆的下落。后来，他终于找到了陈圆圆，于是把她带上船，还拜见了随行的母亲。陈圆圆见冒母如见荒漠清泉，加上冒辟疆本人仪表堂堂，家世清白，所以陈圆圆更坚定地表示了自己想嫁给冒辟疆为妾的愿望。"余此身脱樊笼，欲择人事之。终身可托者，无出君右。适见太恭人，如覆春云，如饮甘露．真得所天。子毋辞！"冒辟疆也被陈圆圆打动了，在冒母的默许下，二人私定终身，并商议好待尘埃落定便娶陈圆圆过门。

转年的春天，也就是崇祯十五年（1642年）春，冒辟疆处理完父亲调职的事情，心里的石头总算落地了。他刚松了一口气后就赶紧跑到苏州去找陈圆圆。结果，就在十几天之前，陈圆圆刚刚被国丈田弘遇抢走，听说田弘遇打算把陈圆圆送进宫伺候崇祯皇帝。所以，如果冒辟疆早来十几天，那么就能够把陈圆圆接走了。

冒辟疆大失所望，非常怅惘，但也只得安慰自己说，为了解救父亲的事情而辜负了一个女子，也不算有什么遗憾！

这个时候的冒辟疆，已经打算启程离开。于是和朋友去游船，忽然发现水边有一方玲珑雅致的小楼。于是就随口问了一句:"这是什么地方?谁住在这里?"朋友告诉他:"这里住的就是董小宛。"

 名妓求爱路

三年来积蓄的倾慕和思念,在偶遇董小宛水阁时,化为了冒辟疆内心的阵阵狂喜。他立刻停舟相访,打算一叙旧情。朋友阻拦他说:"前段时间,国丈田弘遇到处搜罗美女进宫献宝,董小宛也被抢了去,受到了不小的惊吓。母亲刚刚过世,她现在又生着大病,正谢客不见呢。"但冒辟疆苦等三年,任谁的劝说也拦不住他想见董小宛的执着。他来到董家门前,再三叩门,才等来开门的人。

冒辟疆匆匆上楼,发现董小宛正病恹恹地倚在床榻上。在劫色之惊和丧母之痛的双重折磨下,董小宛形容憔悴,面色凄婉,楚楚可怜。想起当日董小宛穿花绕廊,走向自己时云鬟花颜的样子,冒辟疆很是心酸。然而,更令冒辟疆心酸的是,董小宛见他的那天喝醉了,现在已经不记得他是谁了。直到冒辟疆介绍说,三年前董小宛酒醉二人曾经见过一面时,董小宛才想起来这回事儿。

当年母亲夸他奇秀,可惜自己未能有缘与他相知相伴。而今,三年过去了,母亲已经去世了,冒辟疆又被命运的手送到了自己的面前,母亲的叮嘱言犹在耳。董小宛轻轻叹了口气,勉强挣扎着起来,坐定了与冒辟疆聊天。聊了一会儿,冒辟疆生怕董小宛病中体乏,所以打算告辞离开。但董小宛不让他走,吩咐下人置酒添菜,

告诉冒辟疆说：自己刚刚丧母，今日十之八九的时间都是昏昏沉沉，恍如浮梦，但今天见了冒辟疆，便觉得神清气爽。冒辟疆喝了酒聊了天，便找各种理由打算离开。董小宛"屡别屡留"，拉着冒辟疆的手，想要以身相许。冒辟疆为她真诚打动，勉强应允，但当晚还是找借口抽身离开了。

第二天，他来找董小宛告别。没想到，董小宛正在凝眸远眺，等着他出现。看到冒辟疆的船刚一靠岸，董小宛疾步跳到船上，说要沿路相送。冒辟疆发现，董小宛早就梳妆完毕等着自己，却不能却，阻不能阻，只好同意董小宛沿路送别。

这一送，"由浒关至梁溪、毗陵、阳羡、澄江，抵北固，越二十七日，凡二十七辞，姬惟坚以身从"。董小宛依依不舍，送了冒辟疆一程又一程。二十七天中，每一天冒辟疆都在催促她离开，每一天董小宛都坚定执着贴身相随。走到金山的时候，董小宛指着滔滔江水，发誓"委此身如江水东下，断不复返吴门"。这一生，她是跟定冒辟疆了，如江水东流，绝无反悔之意。冒辟疆直到这个时候才意识到问题的严重。

对于男人来说，没事儿的时候流连在秦楼楚馆，徜徉于花街柳巷，不过是为自己的风流快活增添点儿酒后吹牛的谈资罢了。如果是娶回家当正经的妻妾，那将是嫖妓生涯上最大的失误。而且，今时不同往日。三年前，董小宛是炙手可热的名妓；三年后，董小宛只是个无依无靠的女子。如果董小宛真要脱籍从良，不但要费一番心思，而且要费不少银子。里子面子上，冒辟疆都不允许这种事情

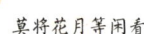

发生。

冒辟疆开始给董小宛做思想工作。说你落籍的事儿比较麻烦，还得从长计议好好商量，我现在科考临近，不如你先回吴门等我，等我考完试再去金陵找你。董小宛不愿意走，同船人就出来起哄，说如果老天依你如愿，那么小宛你不妨掷骰子试试运气！董小宛拜了拜，结果一掷之下，竟然全都是"六"，同船人顿时欢呼称奇。但冒辟疆却耍赖不认账，还是坚持要赶董小宛走，说是考完试再来接你去金陵。董小宛无奈，失声痛哭，掩面而别。

冒辟疆虽然心里也有些可怜小宛，但是想想不用背着这个"包袱"了，心里还是有种说不出的轻松。

董小宛返回吴门之后，茹素守礼，闭门谢客，一门心思等着冒辟疆考试来迎娶自己。但冒辟疆欺骗了董小宛，他考完试没有去苏州，径直去了南京。董小宛落籍贱民，又是远近闻名的歌伎，总会有人逼她出来陪客应酬。但董小宛一心想着冒辟疆的"金陵偕行之约"，死活不肯见客，无端生出了不少矛盾。她整天望穿秋水，左等右盼也不见冒辟疆的影子。万般无奈下，她偷偷买了船，携一老妪，从吴门赶往金陵找冒辟疆。

董小宛的寻爱之路极其艰辛。那年月兵荒马乱，她和一个老婆婆先是遇到盗匪，于是躲在芦苇丛中，不巧船舵又坏了，两个人三天没有吃饭，经过重重磨难，才终于抵达南京，找到了冒辟疆。

董小宛说起自己百日茹素，又遇盗贼逢坎坷的经历，惊魂未定，声泪俱下。很多人听后被小宛的勇敢与真诚所感动，纷纷写诗作画赞扬她的坚贞。乱世风云，董小宛能如此追随冒辟疆，其心诚情坚，天地可鉴。但冒辟疆还是要赶她走，说等自己发榜之后再去娶董小宛，以报答她生死相随的情谊。

此时的冒辟疆已经是第五次乡试了，他多少有点志在必得的意思，觉得等自己发榜了之后再去娶董小宛，双喜临门也是一大快事。换句话说，董小宛在冒辟疆的心里，不是人生的必需品，而是精致的奢侈品，只能用来锦上添花、附庸风雅。

让冒辟疆没有料到的是，自己只中了一个副榜。他心情非常恶劣，所以赶着回家，打算再次甩掉董小宛。可怜董小宛一介女流，一路坐船追赶冒辟疆，舟行江中几次触礁遇难，险些不测。但冒辟疆见到董小宛后，依然责令董小宛回吴门。原因很简单，自己现在科考不利，万事受阻，哪有心情和银子去给董小宛解决各种赎身的麻烦呢？董小宛无奈，只得又回吴门，重新面对绝望。

听说，一个人必须经历过没有任何帮助的黑暗，才能生出坚强而勇敢的心。董小宛选择了一种非常极端的方法来折磨自己——自冒辟疆走后，董小宛始终不脱夏装，理由是这身衣服是当年冒辟疆离开时穿的。天寒地冻的时候，她也不改初衷，发誓冻死也要殉情。

这些事，冒辟疆本来不知道，是后来冒辟疆的朋友知道了，看不过去才去跟他说的。但即便如此，冒辟疆也没有要给董小宛赎身的意思。

最后，真正出手援助董小宛，把她从水深火热中救出来的人，是她的秦淮姐妹柳如是。

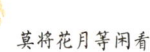

 新婚即是新生

董小宛一路追随冒辟疆的脚步，出生入死，几次险些送命。在很多人看来，这是不可理解的。首先，董小宛年轻貌美，根本不缺追求者；其次，冒辟疆优柔寡断，反复无常，不断背弃董小宛，人品堪忧，不嫁也罢。但在董小宛心里，三年前遇到冒辟疆时，她薄酒微醉完全没记住冒辟疆；三年后再见到冒公子时，他仪表堂堂、家世清白，对自己痴情已久，所以心里非常感动。另外，社会动荡、人心涣散，她又刚刚丧母，冒辟疆的出现，无疑是她黑暗世界中唯一的光亮。"从良洗白"是董小宛愿意用生命去追求的理想。这一点，恐怕只有秦淮河那些同样身似浮萍的姐妹们才能明白。

柳如是看到了董小宛的凄凉与无奈，也知道她三番五次回吴门背后的辛酸和世人的嘲笑。她私下与丈夫钱谦益商量，助董小宛脱困。

钱谦益当时赋闲在家，但威望不减。他亲自来到半塘，多方斡旋，三天之内就解决了董小宛的赎身问题，帮她还债脱籍成了良民。而且，钱谦益帮人帮到底，不但替董小宛解决了"自由"的问题，还雇船将董小宛送到了冒辟疆的老家如皋。

出嫁的那天，秦淮名妓们也赶来捧场。一时间，才子佳人，楼台烟水，热闹快活得恍如梦幻仙境。董小宛酒量非常好，但平日温和谨慎从不多喝，出嫁这天却异常豪迈，喝了很多酒，将在座的姐妹喝得纷纷溃散，她还安然无恙兴致不减。出嫁的欢乐对于女人来说，一生只有一次；对于董小宛这样的女人来说，恐怕是几世修来的福气。虽说是偏房，但总算是正经人家的媳妇，而且冒辟疆与董小宛年龄相仿，品貌相当，对于秦淮歌伎们来说，这是再好不过的结局了。董小宛笑得花枝乱颤，像破土而出的种子，像破茧而出的蝴蝶，尽情地绽放着美丽，也绽放着笑容。

从此，如皋城东北角那座美丽的水绘园就成了董小宛幸福婚姻的起点。

董小宛在面对爱情和婚姻上，与绝大多数风尘女子有所不同。对于大部分歌伎来说，从良是她们努力奋斗的终点，能够洗底嫁人，哪怕成为妾室也总算有了归宿。做一个清白人家逆来顺受衣来张口的小妾，总比飘零在外孤苦无依的"野花"生活得踏实安稳。但董小宛不这样看。"嫁人"不是董小宛的目的，董小宛的终极目标是幸福地生活，"婚姻"不过是她迈向幸福的跳板，是她完成生活理想的始发站。

作为裹着小脚的旧时代女人，她有着比现代女人都难具备的非凡魄力：她从不缺乏改变命运的决心，也不缺乏改变生活的能力。她以极大的执着追求自己的爱情，又以巨大的热情投入到新生活的怀抱。也许，这正是董小宛的伟大之处，选择她所钟爱的，然后热爱她所选择的。

董小宛嫁入冒家后便认认真真地生活起来。她先是妥善地处理了婆媳关系和正偏房之间的关系。在董小宛身上，从来不会出现娇妻美妾撒泼耍赖的现象，哪怕只是偶尔的使性子，她都不曾有过。

她顺从命运的安排，也乐于享受当下的生活，她从不与婆婆顶嘴，甚至都没有和冒辟疆的妻子发生过任何冲突。其温柔乖巧真是可见一斑。

作为秦淮河水养出来的女人，很多歌伎嫁人后生活得不幸福，一方面与丈夫家里对歌伎的蔑视和欺辱有关；另一方面，也与这些女人自身的性格、资质有关。她们中的大多数争红斗翠已成习惯，婚后，她们既不能恰当地收敛跋扈的性子，也缺乏合理安排家庭生活的能力。在这一点上，董小宛天然具备驾驭幸福的才能。

在冒家，董小宛是一个全能小妾的形象。首先，她是一个温柔恭敬的女佣，烹茶剥果，必要亲力亲为。家里人吃饭，她就立在旁边伺候饭局，强令她坐下与大家一起吃，但是坐下没一会儿就继续站起来侍奉家人进餐，垂首站立，恭敬如初，比普通婢妇还勤劳。其次，她还兼任了家里的后勤工作。日常生活中，她帮忙打点细碎账目，从来不为自己多添首饰，也绝不私藏半分钱。冒家逃难的时候，她鞍前马后，照顾一家老小的饮食起居，将全家的旅途安危尽系于身。同时，董小宛还主动肩负起协助冒辟疆抚育下一代的重任。董小宛本身并没有生小孩儿，但她将冒辟疆原配夫人生的孩子视如己出，教他们读诗，教他们品诗。

有人说，董小宛这是在委屈自己迎合他人的口味，以便能立足于冒家上下而免受排挤。但实际上，董小宛身处风尘时便厌恶男女杂坐，歌舞喧嚣，说到底，她仍是一个寂寞而恬静的人。

对于董小宛来说，嫁入冒家如从万顷云火中脱困而入清凉世界中小憩。所以，她"却管弦，洗铅华，精学女红"，发自内心地想成为一个良家妇女。她没有丝毫委屈自己的意思，她非常享受并热爱自己的生活。而且，董小宛聪慧绝伦，学什么都又快又好。学了几个月的女红下来，剪彩织字，缕金回文，绣工之精巧已无出其右。

就这样，董小宛凭借自己的聪敏与勤劳，赢得了冒家上上下下的拥戴。她证明了自己的能力，也证明了冒辟疆并没有选错人。她用自己的双手织出了一件五彩斑斓而又闪闪发亮的梦一样的衣裳。

江南第一名厨

董小宛是秦淮八艳中最温婉贤淑也是最多才多艺的一个。她比柳如是少了棱角，比顾横波少了心计，比陈圆圆少了传奇，也比马湘兰少了傲气。她冲淡平和，安之若素，是中国古代女子中极为标准的贤妻良母。

在那个流离失所、动荡难安的时代，很多人最重要的事情就是投身到火热的政治生活中，国仇家恨为那个时代的女人打下了特殊的烙印。与柳如是、陈圆圆等人有所不同，董小宛始终游离于主流历史之外，她柔情似水，缠绵悱恻，在宏大的"复国"话语前显得极是微不足道。但也因此，她才能妆奁润色，烹茶酿酒，把自己的生活过得如诗如画，如醉如梦；过得让千百年后的人们依然对她的生活啧啧称赞，对她的厨艺叹为观止。

如果说厨房是一个女人的战场，那么董小宛绝对是"常胜将

军"。她从主食的制作、菜品的烹饪,到茶点的酿制、咸菜的腌渍,无所不能,无所不精。

董小宛做的肉叫"董肉",又叫"虎皮肉""跑油肉"。据说抗清名将史可法吃过后,对其赞不绝口,称"董肉"不但虎皮纵横,而且肥瘦均匀,咸中渗甜,酒味馨香。

董小宛做的菜叫"董菜"。冒辟疆记载董小宛的菜品是"醉蛤如桃花,醉鲟骨如白玉,油鲳如鲟鱼,虾松如龙须,烘兔酥雉如饼饵,可以笼而食之。菌脯如鸡粽,腐汤如牛乳"。也就是说,她能把野山菌熬出鸡汤的味道,豆腐汤做得像牛奶一样。相传,董小宛的菜融合了蒸、炒、熘、爆、炸、熬、焖、炖等多种方法,用料考究,配比合理,菜品色香味俱全。钱谦益甚至将"董菜"誉为"诗菜",说董小宛烧的菜不但色味双绝,而且连菜名都透着浓郁的诗意。

董小宛做的糖叫"董糖"。用白面、芝麻、花生、桂花、玫瑰、椒盐、饴糖等制作,食后满口生香,回甘绵长,乃老少皆宜的零食佳品。

董小宛腌渍的咸菜,"黄者如蜡,碧者如荅"。香蒲莲藕,鲜花野菜,世间凡可食者,在董小宛一双巧手之下,皆可入菜。虽是腌渍的普通素菜,但每每上桌,必是盈香满席,人人惊叹。

董小宛还自制红腐乳和豆豉酱。她做豆豉酱时,先精选颜色和气味上好的优质黄豆,晒九次洗九次,然后剥皮碾碎,加入瓜、杏、姜、桂等辅料,做出来的豆豉颗粒饱满,香味远胜于人。因为董小宛本人喜欢吃清淡的食物,所以常常是用芥茶水泡一下饭,然后再

吃些香菜、豆豉之类的便算一餐了。所以也有人称董小宛吃的是中国最早的"茶泡饭"。

董小宛最拿手的绝活就是"酿饴为露"。她用饴糖、盐、梅混在一起的汁液,浸泡各种鲜花,花色经年不褪,色泽鲜如初摘,而融化在花露里的花汁,入口甘甜,清香异常。秋海棠是没有香味的,俗称"断肠草",本以为不可食用,但董小宛将秋海棠酿成花露后,香气娇柔,独冠群花。其他如梅花、野蔷薇、玫瑰、金桂、甘菊等花露,便居其次。董小宛知道冒辟疆喜欢请朋友们来家里用餐,就经常酿花露给客人们食用。五颜六色的香花果粒,漂浮在洁白的瓷杯里,赏心悦目,消暑解渴,世间美味无与能敌。

逢到盛暑,董小宛便取桃汁和西瓜汁,把瓜丝瓢子都去除干净,然后用文火熬到八分熟,再放糖搅拌,使其不焦,所制的"桃膏如大红琥珀,瓜膏可比金丝内糖"。

董小宛厨艺极高,冒辟疆在《影梅庵忆语》中所述其美洁,不过是随手记下来的三五琐事,跟董小宛营造的整个"美食王国"相比,不过是里面的"虾兵蟹将"罢了。满汉全席固然难做,但天天都要上桌的家常菜就更难推出新意了。能将家常小菜做得如此千滋百味,董小宛应为古今第一人。也因此,董小宛被后世誉为"中国十大名厨之一"。

董小宛在婚后除了展示其惊世过人的厨艺外,还与冒辟疆共建了近乎童话式的浪漫生活。品诗读史,工书善画,赏宝闻香,剪花烹茶,所有关于文人墨客才情雅趣的温馨生活,她都能信手拈来,

行云流水,过得顺畅自如,又舒适自持。

冒辟疆读史读诗的时候,她三言两语便能解出更深的况味,是为"良师"。董小宛虽没积极参与政治生活,但其品性与选择在日常中也有所体现。比如,董小宛原本是临钟繇的帖子,但发现他竟然把关羽称为贼将,所以气愤之下连钟繇的字也不肯再临了。明末清初,人心浮动,冒辟疆这样优柔寡断的人,竟然没有像其他人那样出仕清廷,与董小宛在生活中潜移默化的影响是分不开的。从这方面讲,董小宛也算是冒辟疆的"益友"。

当然,最令冒辟疆心动不已的还是作为"佳偶"的董小宛。董小宛甚喜赏月,常于夏季晚上在苑中纳凉,教幼儿诵读唐代咏月诗,也常随月之沉落移步换景,卷帘望月,静静地享受如水的月光。月光清澈,洒在董小宛纯洁而自由的心灵上,冒辟疆一眼望去,小宛身心通透,"眼如横波,气如湘烟,体如白玉,人如月矣,月复似人",令人见之忘俗。

董小宛也喜梅菊。春来植梅,早晚时节,梅花飘落如烂漫香雪,望之心骨俱酥。秋来种菊,哪怕是正在病中,董小宛也是见之尤喜。夜晚,她高烧翠蜡,用三面屏风样的团纱围起菊丛,将小座放在花间,人在菊中,花与影皆在屏上。然后回眸浅笑,问冒辟疆:"菊之意态足矣,其如人瘦何?"人淡如菊,淡秀如画,及至董小宛去世多年后,想到她当日花前月下的千娇百媚,冒辟疆仍如痴如醉,无法忘怀。

董小宛:
一生爱你千百回

愿以此生祭钟情

据说考验一对情侣最直接的方式便是送他们去旅行。在旅途中,他们要照顾对方并共同面对突如其来的问题,然后想办法去克服困难。于是,他们磨合成真挚的爱侣,或是分崩离析直接分道扬镳。

甲申之变从天而降,也把冒辟疆和董小宛的童话生活送入了无情的战火。他们在旅途中颠沛流离,为这份测试爱情的考卷写下了不同的答案。

甲申(1644年)三月十九日之变后,崇祯皇帝上吊自尽,举国大乱。冒家为避战乱,也加入了逃难的行列。

先是老母和妻子担心忧惧,所以先行避祸,独留董小宛在家,指挥下人们看守宅子收拾东西。她镇定自若,安排得法,将书画文物等分精粗等级,一一打包,并手书标识以备日后查看。临到要逃难时,冒辟疆向董小宛要银子,董小宛打开包裹,里面从分许到钱许,各种重量的银子都已分门别类地包好,并在外面写好了重量,方便随时取用。冒辟疆的父亲看后不禁惊叹,董小宛做事精细,几乎滴水不漏。

当全家正式踏上逃亡之路后,冒辟疆一手拉着母亲,一手拉着妻子,两个孩子又小,所以完全顾不上董小宛。冒辟疆不但不同情她颠簸坎坷,还呵斥董小宛让她快点走,不然落在后面就来不及了。在一日数徙,风雨饥寒的逃难中,董小宛裹着小脚一路追赶,几乎连滚带爬,才终于跟上冒辟疆逃亡的脚步。即便如此,董小宛还是

护持在冒辟疆的前后,心心念念的是"宁使兵得我则释君",宁可自己被抓去,也要保冒辟疆的周全。

但冒辟疆的心肠似乎总是格外铁石,行至中途,他为了减少拖累,竟然要将董小宛托付给附近的朋友。临别,他对董小宛说:要是以后还有机会再见,那么就再续前缘;如非所愿,那么你就自己看着办吧。董小宛接受了冒辟疆的安排,同意把自己留下寄养在别人家,但她不同意冒辟疆给她的"出路",她指天盟誓:如果你有不测,这滔滔江水便是我的葬身之地!这时,反倒是冒辟疆的父母看不下去了。董小宛的聪明乖巧,柔顺贤惠,他们看在眼里,不舍得全家逃难独独丢下董小宛!迫于父母的压力,冒辟疆才重新带董小宛上路。

逃难途中,冒辟疆三次生病,董小宛都近旁照料,不眠不休。有一次,冒辟疆生病一百五十天,董小宛就卷上一个破席子,横陈榻边。冷了,拥抱着为他取暖;热了,揭开被子为他纳凉;痛了,轻轻按摩为他消除痛苦。枕在她身上也行,卧在她脚边也可,只要能让冒辟疆病骨舒适,董小宛都以身就之。上至端汤熬药,下至观察粪便污秽,董小宛全部细心查看,以观病情。冒辟疆病中失性,常常暴怒,但董小宛从不生气,依然待他如初,以冒辟疆的康复情况左右着自己的喜忧。五个月下来,董小宛折腾得脸色蜡黄,骨瘦如柴。

冒辟疆的母亲和妻子也提出要董小宛休息一下,但董小宛坚决不从,她说:"竭我心力,以殉夫子。"如果冒辟疆活了,那么我董小宛虽死犹生;如果冒辟疆有什么不测,我自己留在这世上也没意

思了。

在董小宛的悉心照料下,冒辟疆终于康复了,但董小宛却累倒了。"江城细雨碧桃村,寒食东风杜宇魂。欲吊薛涛怜梦断,墓门深更阻侯门。"顺治八年(1651年),董小宛侍奉冒辟疆九年后,以劳瘁死,年仅二十八岁。

去世时,从头到脚,董小宛没有任何的华服美饰,唯独手里握着一对金钏。

那是去世几年前的一个七夕,董小宛看天上流霞时,忽发奇想,要冒辟疆仿照天上流霞的样子打一对儿金钏,并要冒辟疆写上"覆祥"和"乞巧"的字样。金钏打好后,董小宛整天爱不释手,钏不离身。她在冒家多年,从未有过任何私藏品,这金钏在她心里便是他们的定情信物。

可惜,第二年的七月,金钏从中折断,董小宛倍感伤心。冒辟疆为让董小宛开心,于是重新打了一对儿金钏,写上"比翼"和"连理"的字样。董小宛如获至宝,再展欢颜。这对金钏便是董小宛临终时牢牢握在手里的遗物。

董小宛英年早逝,花容早凋,与她在冒家的日夜操劳有着莫大的关系。董小宛的爱像一团烈焰般始终燃烧着,只不过,婚前的她刚烈勇猛,对爱情坚定执着;而婚后,她将这热烈的爱,化为涓涓静流,脉脉地注入冒辟疆的心灵。

当年,董小宛丧母后在半塘水边一见钟情地爱上冒辟疆,并决定生死相随,恐怕是冒辟疆也不曾相信的吧。及至后来董小宛过世,

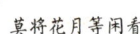

冒辟疆才终于明白，董小宛对冒辟疆的爱不是简单的依附，也不是嫁人的寄托，而是全身心的投入和奉献。董小宛让自己在爱情中燃烧，也在爱情中燃尽。她用生命来殉情，只为了让冒辟疆牢牢地记住自己。所以冒辟疆后来哀恸地说，我一生清福九年享尽。董小宛死了，其实我也死了！

多年之后，冒辟疆又娶了几个侍妾，也是能书善画，恍惚有一些董小宛的影子。不同的是，冒辟疆在拥有董小宛的时候，却没有娶过别的女人。

董小宛生前曾将闺阁秘事，女子的服饰打扮等详细记录在册，名为《奁艳》，写得文采斐然，妙趣横生。写好后，顾媚她们借去争相传阅，后来却不幸失传。

在董小宛传世的作品中，有一幅《孤山感逝图》最为珍贵。画上题着一首诗："孤山回首已无家，不做人间解语花，处士美人同一哭，悔将冰雪误生涯。"国画最重要的特色就是诗画合一，诗中有画，画中有诗。而董小宛的这幅画，将历史的忧愁和身世的凄楚都淋漓尽致地表达在内，诗、画、人已合为一体，笔墨动情，引人垂怜。据说此画前两年的时候曾公开拍卖，估价数百万。

可见，无论是当时还是后世，董小宛在人们心里，都是独一无二、价值连城的。

李香君（1624—1652？）：
千秋气义耀群芳

桃花扇底是传奇

"香君一个娘子，血染桃花扇子；气义照耀千古，羞杀须眉男子。香君一个娘子，性格是个蛮子；悬在斋中壁上，叫我知所观止。如今这个天下，谁复是个蛮子？大家朝秦暮楚，成个什么样子？当今这个天下，都是贩子骗子；我思古代美人，不至出甚乱子。"

这是林语堂大师为悬在他书斋中的李香君画像所题的一首诗，作于抗战初期，这首诗虽然写得浅白粗直，但其所指的当年时局形势，跟李香君所处年代很有几分相同。传说，林大师极其欣赏李香君，称她为奇女子。他托友人重金求得一幅李香君画像，并在画像上题了这首六言"歪诗"。这幅画他挂在了书房里，日后走到哪儿，这幅李香君画像都跟随在身边。林语堂甚至把《桃花扇》一剧中李香君痛骂奸贼阮大铖的一段唱词与岳武穆的《满江红》相提并论，说都是惊天地泣鬼神的文字。可见李香君在大师心目中的位置。

公元1644年5月，在中国历史上存在了276年的大明王朝宣告倾覆，崇祯皇帝吊死在了北京紫禁城后面的煤山上。随后不久，原

明朝的凤阳总督马士英勾结江南一带的部分军官，在南京迎立福王朱由崧建立了南明弘光小朝廷。但是，这个封建小朝廷却极其腐朽，君臣上下一味地苟且偷生，根本不知道如何收复山河重建帝国。他们成天只知道饮酒作乐，听曲观戏，还大肆修建宫殿，花费无数。弘光皇帝手下阉党余孽马士英、阮大铖等权奸，以及贪官污吏、跋扈武将，更是为非作歹、有恃无恐。

这一天，秦淮河边的温柔乡"媚香楼"里突然闯进来一帮人，为首的正是南明小朝廷内阁大学士兼兵部尚书马士英。此人权倾朝野，但居心不良，此番闯入媚香楼，是来帮人抢亲的。他要抢的女人，就是秦淮八艳中鼎鼎大名的李香君。

生来性格刚烈、之前就已经人生曲折有如传奇故事的李香君，不愿与马士英这类人同流合污，于是抵死不从，以头撞柱，滴滴鲜血溅在她手里的白纱宫扇上……

这个故事，因为清朝戏剧家孔尚任的名剧《桃花扇》而广为流传，及至20世纪60年代由王丹凤和冯喆主演的同名电影轰动一时后，李香君的传奇事迹就更为深入人心了。

在"秦淮八艳"之中，李香君既没有顾横波、陈圆圆那样的艳丽妩媚，也没有柳如是、马湘兰那样超凡脱俗的诗画才情。但传奇剧《桃花扇》一出，"借离合之情，写兴亡之感"，李香君忠贞刚烈之名几乎举世皆知，在秦淮群芳中，赢得了极高的声誉。

那么，传奇故事到底真实程度几何？李香君这个青楼女子真会做出这种震撼人心令当时无数须眉汗颜的义烈之举吗？毕竟，李香君只是一位烟花歌伎，卑贱的身份决定了她的事迹不会记载于史籍正典，所以孔尚任的《桃花扇》大概应该算是对李香君生平事迹最全面的记录了。孔尚任在《桃花扇》中曾经说过，这个传奇所载故事大都经过实地考察，全无假借，剧本取材全部来自于文人笔记、杂记、传奇之中。至于男女主人公的爱情故事，虽然稍微有所渲染，但绝不是空穴来风。所以我们可以认为，《桃花扇》中对李香君的描写基本是可信的。

花魁李香君

现就根据孔尚任《桃花扇》里提供的线索，翻阅前人留下的笔记杂记，用现代人的眼光，试图恢复一下李香君这位在"秦淮八艳"中名气最高的女性的历史形象。

秦淮八艳中，如果按照民间的知名度来排，顺序应该是：李香君、柳如是、陈圆圆、顾横波、寇白门、董小宛、卞玉京、马湘兰。是的，"秦淮灯船甲天下"，在"商女不知亡国恨，隔江犹唱后庭花"的风雨飘摇的陪都秦淮河上，李香君在群艳聚会时，常常被推为魁首。

要了解李香君这位花魁，除了孔尚任的《桃花扇》之外，更真实可靠的史料，当属李香君的心上人侯方域留下的《李姬传》，以及清朝余怀所撰《板桥杂记》，等等。

《李姬传》是侯方域的名篇，是当事人亲笔记录下来的自己和李

李香君小像

李香君：
千秋气义耀群芳

香君的传奇爱情故事。

"李姬者名香，母曰贞丽。贞丽有侠气，尝一夜博，输千金立尽。所交接皆当世豪杰，尤与阳羡陈贞慧善也。姬为其养女，亦侠而慧，略知书，能辨别士大夫贤否。"

姬者，歌伎也。这位歌伎单名一个香字，其母名叫李贞丽。清人余怀所撰《板桥杂记》中有和侯方域《李姬传》一样的记载："李贞丽者，李香之假母，有豪侠气，尝一夜博输千金立尽。"

所谓假母，义母或者养母也。此女子生性豪爽，曾经试过豪赌一夜输掉千金。歌伎李香是李贞丽的养女，从小受养母影响，同样颇具侠义之气，李香君不但长得美艳，且聪慧过人。由于自小受到李贞丽的熏陶，不但知书识礼，也精通棋琴书画。而按照侯方域的说法，这位李香，甚至还能在欢场交往中辨识士大夫们谁贤谁奸。

翻阅其他历史资料，可见这样的记载：

李香君，明朝天启四年（1624年）生于苏州。她的亲生父亲姓吴，曾经是一位武官，因系明晚时期江南士大夫政治集团东林党成员，得罪了自称"九千岁"的奸臣大太监魏忠贤一伙阉党，被构陷治罪后家道败落，从此一蹶不振。明朝崇祯四年（1631年），李香君八岁时，被秦淮名妓李贞丽收养为养女，即随养母改吴姓为李，名李香，号香君，绰号"香扇坠儿"。不久，香君开始随其养母在秦淮河畔著名的"媚香楼"当起了"实习生"。几年过去，李香君就成了一个诗书琴画歌舞样样精通的角儿。

《李姬传》说，香君"十三岁，从吴人周如松受歌玉茗堂四传奇，

皆能尽其音节。尤工琵琶词，然不轻发也"。

十三岁开始，李香君随明末清初江南著名昆曲大师周如松（后改名苏昆生）学习弹唱。而侯方域在这里所说的"玉茗堂四传奇"，也就是后人所说的"玉茗堂四梦"（由于作者汤显祖是江西临川人，而这四部作品又都有梦的内容，故合称"临川四梦"；又加上作者所居之处名为"玉茗堂"，所以又被称为"玉茗堂四梦"，它们分别是《紫钗记》《南柯记》《邯郸记》《牡丹亭》）。

天生聪明好学的李香君，很快就得到大师真传，尤其是擅长演唱汤显祖的《牡丹亭》和高明的剧本《琵琶记》。其中又数"琵琶词"唱得最好，但人们却轻易听不到她演唱此篇。

余怀所撰《板桥杂记》称："李香，身躯短小，肤理玉色，慧俊宛转，调笑无双，人题之为'香扇坠'。"

余怀还为李香君写过一首赠诗：

生小倾城是李香，怀中婀娜袖中藏。
何缘十二巫峰女，梦里偏来见楚王。

书生魏子一将此诗书写在粉壁上，而另一位书生杨龙友又添画上了兰花和怪石。这幅诗书画，被"时人称为三绝。由是，香之名盛于南曲，四方才士，争一识面以为荣"。

由于养母李贞丽交往的也大都是些文人墨客，受他们的点拨，李香君还学习了不少古典诗词以及历史知识，对古往今来的著名英

李香君：
千秋气义耀群芳

雄，如岳飞、文天祥、于谦等爱国的民族英雄，尤为敬重。传说，李香君最爱弹唱岳飞所作的《满江红》一词，每每弹唱此词时，聆听者无不为之震撼而热血沸腾。在崇祯十五年（1642年），李香君听说了抗清名将袁崇焕当年蒙冤惨死之事，香君悲愤难平，提笔写下了这样一首诗：

悲愤填怀读指南，精忠无计表沉冤。
伤心数百年前事，忍教辽东血更斑。

当其时也，风雨如磐，江山飘摇，一位青楼女子，能够写下这样仗义执言的诗文，实属难得，她也因之受到了复社领袖张溥和夏允彝的称赏。也就是《李姬传》中所说："张学士溥、夏吏部允彝急称之。"

复社，原本是明末的一个文人自发组织团体，创建于崇祯初年，早期领袖为张溥和张采。初期的成员多是江南一带的读书人，后来逐渐发展成为全国性的社团。复社以"兴复古学"为其团体宗旨，故而得名。复社原本是以"奖进后学"为目标的学术性团体，但是后来因为影响日盛而涉入党争，演变成为政治团体。南明灭亡后，复社部分成员坚持抗清，复社遂成为抗清组织，后于顺治九年（1652年）被迫解散，此乃后话。

莫将花月等闲看

相识相爱，豆蔻年华

因为李贞丽仗义豪爽又知风雅，所以媚香楼几乎成为了复社成员欢聚的基础场所。除了复社成员，媚香楼的客人也基本上多是些文人雅士和正直忠耿之臣。就在养母李贞丽经营的媚香楼上，李香君遇见了成就其一生传奇的心上人侯方域。

《李姬传》说："雪苑侯生，己卯来金陵，与相识。姬尝邀侯生为诗，而自歌以偿之。"

侯方域（1618—1654），字朝宗，河南商丘人，明末清初著名文人。与方以智、冒襄、陈贞慧合称"明末四公子"。其父侯恂曾担任户部尚书，因身为东林党人，被魏忠贤阉党罢了官。侯方域于崇祯十二年（1639年）来到南京应乡试，他来到南京不久，便与复社名流张溥、夏允彝、陈子龙、吴应箕等人十分友好。后来，他又在秦淮河畔结识了方、冒、陈三公子。他们整日聚在秦淮楼馆，说诗论词，狎妓玩乐，正所谓"五陵年少争缠头，一曲红绡不知数；钿头银篦击节碎，血色罗裙翻酒污"。

李香君在媚香楼上一直和复社党人们交往十分密切，之前早就对侯方域的大名有所耳闻，所以侯方域出现在媚香楼不久，李香君就十分热情地接纳了他，主动邀请侯方域作诗填词，自己上台吟唱词曲作为酬谢。

在1963年西安电影制片厂出品的电影《桃花扇》里，大明星王丹凤和冯喆，非常赏心悦目地再现了三百多年前李香君与侯方域在

李香君：
千秋气义耀群芳

秦淮河畔相遇相知的浪漫情节。

1639年的一个春夜，复社社员杨龙友在秦淮河畔的画舫上设酒宴为刚刚抵达南京的侯方域洗尘，忽听河面上飘来一片娓娓动听的笙歌女乐，侯方域不禁随口吟哦起唐代大诗人杜牧的名句"商女不知亡国恨"，这时，李香君所乘画舫正好从旁边经过，香君闻声有感，低声漫答："唉，不知亡国恨的岂只是商女。"这句若有所思的轻叹，引起侯方域极大的注意。次日，侯方域慕名跟随杨龙友到媚香楼拜访香君，却不料香君此时正与姐妹们做"盒子会"，例不见客。侯方域在香君养母李贞丽的启发下，将随身所带扇子抛到楼上，扇子上还题诗一首："夹道朱楼一径斜，王孙初御富平车。青溪尽是辛夷树，不及东风桃李花。"香君见扇，欣然与之相见，款待殷勤，两人随即一见倾心。从此，这两人彼此引为知己，在秦淮河的灯红酒绿里，在金陵的烟雨楼台中，吟诗作对，琴棋书画。

这一年，李香君刚好十六岁。二八芳龄，年方豆蔻，妙龄佳人青春貌美，兰心蕙质，绝代风华；而进京赶考的公子哥侯方域则儒雅饱学，风流倜傥，潇洒多情。在任何一部以才子佳人为主角的小说戏剧电影中，这都是必然会产生美妙爱情的浪漫组合。

然而，接下来，侯方域和李香君这对恋人一生的克星阮大铖就出场了。

侯方域在《李姬传》里接着说："初，皖人阮大铖者，以阿附魏忠贤论城旦，屏居金陵，为清议所斥。阳羡陈贞慧、贵池吴应箕实首其事，持之力。"

阮大铖,安徽桐城人,考取进士当了官后,先是依附东林党,后来又改投靠魏忠贤阉党,所以在崇祯朝行将就木的时候被判附逆罪罢了官。明朝覆灭后,阮大铖伙同江南一批官员将领,拥立福王有功,在南明小朝廷当上了兵部尚书,旋即与另一个阉党余孽马士英狼狈为奸,对东林、复社成员大加迫害。

此前的崇祯八年(1635年),李自成的队伍进入安徽后,阮大铖躲避到南京,四处活动,拉拢讨好东林和复社党人,以谋复出。当时复社中的名士陈贞慧、吴应箕和杨廷枢、黄宗羲等人十分厌恶阮的为人,草拟了《留都防乱公揭》,意在驱赶阮大铖。文中有曰:"其恶愈甚,其焰愈张,歌儿舞女充溢后庭,广厦高轩照耀街衢,日与南北在案诸逆交通不绝,恐吓多端。"

于是,"大铖不得已,欲侯生为解之,乃假所善王将军,日载酒食与侯生游"。

这是侯方域亲笔记录的事实:《留都防乱公揭》发表后,尴尬万分的阮大铖不得已,想通过侯方域为他与文人之间的敌对关系加以调解,于是请自己的心腹、侯的好友王将军出面,天天携着美食佳肴陪同侯方域四处游玩。

这件事被李香君知道了,"姬曰:'王将军贫,非结客者,公子盍叩之?'侯生三问,将军乃屏人述大铖意。姬私语侯生曰:'妾少从假母识阳羡君,其人有高义,闻吴君尤铮铮,今皆与公子善,奈何以阮公负至交乎!且以公子之世望,安事阮公!公子读万卷书,所见岂后于贱妾耶?'侯生大呼称善,醉而卧。王将军者殊怏怏,因辞

李香君：
千秋气义耀群芳

去，不复通。"

李香君说："王将军家中清贫，应该不是可以豪交宾客的人，侯公子最好问问清楚？"侯方域于是再三盘问王将军，王将军无奈，只好将所有人打发走，偷偷对侯转达了阮大铖的心意。李香君了解了事情缘由后，私下对侯方域说："我从小跟随养母与宜兴陈贞慧相识，他的品德颇为高尚，还听说吴应箕更是铮铮铁骨的人。如今他们都跟你十分友好，你怎能因为阮大铖而背弃这些至交呢？更何况，以公子你的声望名气，怎能追随阮大铖这种人？公子读过万卷书，你的见识难道还不如我这个妇道人家吗？"侯方域听后直呼香君说得有道理，于是在王将军再访时称醉大睡，王将军很是尴尬，就此离开，不再来往。

值得一提的是，据后人考证，侯方域所说的"王将军"其实系假托，其真实人物，应该是上文提及的电影《桃花扇》剧情中出现的重要人物杨龙友。

在孔尚任的《桃花扇》里，这个故事被演绎成了著名的"却奁"一折，而电影《桃花扇》则更加精练：

侯方域的复社好友杨龙友得知侯与香君两情相悦时，便怂恿侯方域梳拢香君。"梳拢"，是妓女第一次接客的代称，又叫"上头"。此事在青楼里操办起来跟良家的婚娶几乎一样。其实，烟花巷中男欢女爱，说穿了不过就是皮肉生意。但是，在秦淮旧院这样的地方，已然成年却还是处子的歌姬，一旦遇见了合意的男子，而对方又能够花得起大价钱，那么，男女双方就会明媒正娶似的，张灯结彩洞

房花烛地热闹一番。像李香君这样一位名妓,"梳拢"仪式自然要邀请大批有头有脸的风流雅士出席,还要付一笔丰厚的礼金给鸨母,可惜侯方域没有银子,无能为力。杨龙友当然知道侯方域的窘况,他声称可以代为筹措妆奁花销。侯方域不明就里,乐得听凭杨龙友一手筹办"喜事",与香君定情。

梳拢之夜,侯方域题诗扇上,赠香君以为信物,一夜千般恩爱,自不必提。第二天,香君向侯问及妆奁花销,方域告诉她,所有花销都系杨龙友所赠,这让香君颇感诧异。这时适逢杨龙友登门道贺,香君立即向他细细询问,才知道喜事仪式所花银两其实都是阮大铖所赠。得知真相的香君脸色大变,立时摘下珠翠,卸下罗衫,请杨龙友退还阮大铖。

孔尚任的《桃花扇》中,李香君"却奁"之后,侯方域深感羞愧,"平康巷(青楼的代称),她能将名节讲,偏是咱学校朝堂,混贤奸不问青黄"。对于香君的行为,方域更是赞不绝口:"俺看香君天姿国色,摘了几朵珠翠,脱去一套绮罗,十分容貌,又添十分,更觉可爱。"这充分反映了侯方域对李香君的高洁品质有着由衷的赞美和敬佩。

《李姬传》还有记载:"未几,侯生下第。姬置酒桃叶渡,歌琵琶词以送之,曰:'公子才名文藻,雅不减中郎。中郎学不补行,今琵琶所传词固妄,然尝昵董卓,不可掩也。公子豪迈不羁,又失意,此去相见未可期,愿终自爱,无忘妾所歌琵琶词也!妾亦不复歌矣!'"这是说,过了不久,侯方域考试落第,准备返乡。李香君

李香君小像

为他摆酒桃叶渡,唱《琵琶词》送他,说:"公子的才华名声与文章辞藻,不比蔡邕中郎差。蔡邕中郎的学问再好也不能补偿他的操行,这《琵琶词》所描述的当然是虚构故事,但蔡邕曾经投靠董卓,这样的劣行是无法掩盖的。公子豪迈不羁,现在又失意了,此后妾身能否与公子相见,不可预期,愿公子始终能自爱,不要忘记我为你所唱的《琵琶词》呀!与公子一别,我今后就再也不唱这一段歌词了。"

李香君的高洁操行虽然赢得了侯方域的敬爱以及名士们的称颂,却惹恼了品格卑鄙的阮大铖。因为一次次被复社党人羞辱,甚至被一位地位低下的歌伎识破了阴谋,恼羞成怒的阮大铖自然要伺机报复。

 血溅媚香楼

崇祯十七年(1644年),李自成的人马攻陷北京,崇祯皇帝在北京煤山自缢身亡。同年五月,马士英等人拥立福王在南京建立南明王朝。马士英因为拥立君主有功,一时权倾朝野。当时他的同党淮阳巡抚田仰听说李香君貌美且多才多艺,便花了三百两黄金为聘,想要把李香君娶回家做小老婆,这自然遭到了李香君的严词拒绝。

被拒之后的田仰十分恼怒,到处造谣中伤李香君,香君因而叹道:"田仰难道与阮大铖有何不同吗?我一向以来赞赏侯公子的是什么?如今倘若为了贪图钱财而投奔田某,岂不是背叛了侯公子吗?"最终不肯与田仰见面。这正是侯方域在《李姬传》中所说的:"侯生

李香君：
千秋气义耀群芳

去后,而故开府田仰者,以金三百锾,邀姬一见。姬固却之。开府惭且怒,且有以中伤姬。姬叹曰:'田公岂异于阮公乎?吾向之所赞于侯公子者谓何?今乃利其金而赴之,是妾卖公子矣!'卒不往。"

在根据孔尚任剧本《桃花扇》改变的同名电影中,故事被演绎得更加悲壮激烈:

崇祯吊死煤山,大明王朝覆灭之后,阮大铖勾结凤阳总督马士英拥立福王在南京继位。大权在手,对复社文人一直怀恨在心的阮大铖就开始了疯狂的报复,他伙同马士英等人,大肆搜捕复社党人,必欲除之而后快。为了躲避追杀,侯方域被迫离开南京,他告别了李香君,前往扬州投奔在此督师抗清的史可法。这一段史实,在余怀的《板桥杂记》里有简单记载:"盖前此阮大铖恨朝宗,罗致欲杀之,朝宗跳而免",可见并非虚构故事。

阮大铖获悉马士英想笼络淮阳督抚田仰,为泄私愤,竟献计马士英,让他买下李香君送给田仰作妾。李香君忠于爱情,矢志为侯方域守贞,自从侯方域离开之后,就一直闭门谢客。面对黄澄澄的金子和气焰熏天的权贵,她誓死不嫁。阮大铖听说后,便在马士英面前百般挑拨,激怒了马士英,派人前去抢亲。面对气势汹汹的权奸爪牙,李香君手持当初与侯生的定情信物——白纱宫扇极力反抗,誓死不肯下楼,最后竟然以死抗争,挣脱一干爪牙,朝房内的柱子撞去,登时撞得头破血流,雪白的纱扇染得血迹斑斑。

爱莫能助的杨龙友,为了息事宁人,万般无奈之下只好劝香君养母李贞丽代替香君嫁给田仰。眼见侯方域的定情诗扇溅了斑斑血

迹,杨龙友随手把它点染成几枝桃花。之后不久,李香君得知自己的师傅苏昆生要前往扬州,便将溅血诗扇托他带给侯方域以代书信。

侯方域的《李姬传》,只写到了香君拒绝田仰便戛然而止。后来的故事,基本是来自时人的佐证、后人的穿凿,其中更多是出于孔尚任《桃花扇》衍生出来的戏剧、电影等艺术作品了。不过,遭到香君拒绝的田仰,被激怒后到处中伤香君,也的确是事实,他甚至写信给侯方域,指责是侯教唆香君。于是,侯方域写了一封《答田中丞书》,不但批驳了田的诬陷栽赃,还反戈一击,指出了田所以遭到香君拒绝的根本原因:行为道德可议。晚清文人叶衍兰在《秦淮八艳图咏》中也说:对田仰的诱惑,"香拒之力;田使人劫取,未果"。

后来,马士英、阮大铖为了迎合弘光皇帝的意旨,将许多秦淮歌女抓进宫里唱戏,李香君又在被掠之列,她被迫在宫中演唱阮大铖为取悦弘光皇帝而作的《燕子笺》。某日,马、阮前来观看香君演出《燕子笺》。香君面对他们的丑态,决心拼着一死,也要痛斥这班误国的乱臣贼子。她就着《燕子笺》原腔韵,自编新词,痛骂马、阮。怒斥他们身为公侯,不思为国效忠,却只是谄媚逢迎;不思赶走敌寇,却只知寻欢作乐。"堂堂列公,半边南朝,望你峥嵘。出身希贵宠,创业选声容,后庭花又添几种。把俺胡撮弄,对寒风雪海冰山,苦陪觞咏""干儿义子重新用,绝不了魏家种""奴家已拼一死,吐不尽鹃血满胸、吐不尽鹃血满胸",这一番痛骂淋漓酣畅、大快人心。马士英、阮大铖听后大怒,欲置香君于死地。幸亏当时杨龙友也正好在座,经他一番好说歹说苦苦求情,李香君方免了一死,被

李香君：
千秋气义耀群芳

关了起来听候发落。

1645年4月，清兵攻破扬州，屠城十日，史可法战败身死。消息传到留都，南京城里顿时乱作一团，弘光皇帝领着马士英阮大铖之流仓皇夜遁。混乱之中，李香君得同伴相救逃至栖霞山葆贞庵，投奔了秦淮八艳之一卞玉京。叶衍兰的《秦淮八艳图咏》中说："南都亡，（香君）只身逃出。后依附卞玉京以终。"

断简残篇问迷踪

在传奇《桃花扇》里，孔尚任根据剧情的需要，为李香君安排了这样的结局：

侯方域后来降顺了清朝，与李香君在南明灭亡之后重逢，后来经张道士一声棒喝，这对痴男怨女遂醒悟入道，怅然出家，"落得个白茫茫一片真干净"。这样的结局大约是孔尚任为抒发"兴亡之感"而有意所作的点染之笔。

按照史实，侯方域后来确实是降顺了清朝，"明末四公子"中，也只有他降了：方以智秘密组织反清复明活动，最后事败自沉殉国；冒襄面对清朝廷的征召，坚辞不赴；陈贞慧隐居乡间，十余年不入城市。唯有侯方域，参加了清朝的科举考试，应河南乡试为副贡生。

另有根据孔尚任《桃花扇》和近代戏剧家欧阳予倩的话剧《桃花扇》改编的电影《桃花扇》的结局：

明亡清兴，转瞬八年，李香君日夜思念侯方域，"为伊消得人憔

悴"。忽一日，侯方域不期而至。久别重逢，香君当然是喜出望外。却不料，侯方域卸下风衣之后，身上赫然呈现一袭清装！香君见状大惊，万万没想到自己日思夜想的爱人竟然已经变节投敌。她对侯方域严词斥责，进而撕碎了侯当年送给她的定情诗扇，以示从此一刀两断。侯方域自惭形秽无地自容，只好黯然而去。这样的结局，似乎最能体现出李香君的性格。

根据历史记载，事实上，侯方域晚年对自己的"降顺"很是后悔，所以留下了《壮悔堂文集》以明志。同时，他还留下了《四忆堂诗集》。"以悔名其集，以忆名其诗"，"忆之忆之，所以悔也"。正如历史小说家高阳所指出的，侯方域的"悔"，乃悔其晚节不保"降顺"清廷；他的"忆"，则"必有陈贞慧与吴次尾的《留都防乱公揭》及李香君的《桃花扇》在内"。

相比之下，民间传说就显得生动活泼了许多。说李香君被侯方域接回老家商丘做妾，与公婆和睦相处，与侯方域原配夫人姐妹相称，与侯方域更是鹣鲽情深。从1645年到1653年，李香君人生中最后的八年，都是在幸福美满中度过的。她虽历尽磨难，总算苦尽甘来。但也有说法是，李香君嫁到侯家后，由于出身风尘，不容于公婆，后被赶出侯家，流落在外。即便后来产下一子，也未能重返君家，孩子甚至都只能随香君姓李。李香君终日郁郁寡欢，抱着与儿子相依为命的念头苦度残生。谁料，孩子出生没几月便夭折了，李香君从此一病不起，在孤独和绝望中含恨而死，终年三十岁。

正如开篇所说，李香君只是一位出身卑微、地位低下的青楼弱

李香君：
千秋气义耀群芳

女子，身处风雨飘摇的乱世，注定了她不可能通过从良的道路改变命运，成为最起码的普通妇道人家，只能终身供人玩乐，任人宰割。此等身份决定了她的事迹不可能登堂入室记载于史籍正典。所以，关于李香君的身世结局，其实并无确切史料可考。侯方域的《李姬传》为何只写到李香君拒绝田仰之后就没了下文？那是因为，侯方域与李香君在桃叶渡一别之后，就再也没有见过面。

关于这一点，侯方域在另一通《致田中丞景》书信中，说得很清楚："仆之来金陵也，太仓张西铭（张西铭即前文提到过的张溥——引者注）偶语仆曰：'金陵有女伎李姓，能歌《玉茗堂词》，尤落落有风调。'仆因与相识，间作小诗赠之。未几，下第去，不复更与相见。"作为复社党人、世家公子，侯方域虽然非常敬重李香君的品行气节，但于他而言，他和香君的相亲相爱，终不过是当时文人的时尚行为，允其量也不过是一段短暂风流史。至于李香君是如何将这段爱情视为生死恋的，那就是她自己的看法了。

所以，史家一般认为，李香君在南明小朝廷仓皇逃窜后，于混乱中得以流落出宫，从此就不知所终了，那些形形色色的结局，无非都是传说。

群艳之首

人说，明末清初多奇女子，此话不假。秦淮八艳正是奇女子们的代表。至于李香君为何能在秦淮八艳中居首位，首先是因为她美

艳绝伦。余怀说,秦淮诸艳的"艳",李卞为首,沙顾次之。其中,卞指的是卞玉京,沙说的是沙才,顾指的是顾媚,而居首位的李,说的就是李香君。所谓"身躯短小,肤理玉色,慧俊宛转,调笑无双"是也。

其次,是由于她情操高洁及信念坚定。正如近代大文学家林语堂先生所说的那样:"观李香君之史迹,她是一个以秉节不挠受人赞美的奇女子,她的政治志节与勇毅精神愧煞多少须眉男子。她所具的政治节操,比之今日的许多男子革命家远为坚贞。盖当时她的爱人迫于搜捕之急,亡命逃出南京,她遂闭门谢客,不复与外界往来。后当道权贵开宴府邸,强征之侑酒,并迫令她歌唱,香君即席做成讽刺歌,语多侵及在席的权贵,把他们骂为阉竖的养子,盖此辈都为她爱人的政敌。正气凛然,虽弱女子可不畏强权,然岂非愧煞须眉?"

在这里,明眼人都可以看出,林语堂大师这段话的依据,主要还是来源于堪称中华文学瑰宝的孔尚任传奇戏剧《桃花扇》。而后世人心目中以奇女子形象名垂青史的李香君能居于秦淮八艳之首,最主要的原因,正是得益于《桃花扇》这部戏剧的深入人心。有人就这样介绍李香君:"李香君又名李香,明代苏州人。为秣陵教坊名妓,秦淮八艳之一,孔尚任《桃花扇》中的女主角。自孔尚任的《桃花扇》于1699年问世后,李香君遂闻名于世。"

孔尚任的《桃花扇》,以侯方域与李香君的爱情故事为中心线索,涉及明末的一些重大事件,既昭示出南明覆亡的历史教训,也

李香君：
千秋气义耀群芳

表现了作者沉重的亡国之痛，所谓"借离合之情，写兴亡之感，实事实人，有凭有据"。孔尚任创作《桃花扇》，正值清初考据学极盛时期，在这种氛围影响下，作者本着忠于历史的态度，所撰剧本中绝大部分人物和故事都是真人真事，重大历史事件甚至考证精确到某月某日。由于《桃花扇》只是艺术作品而非历史书籍，所以剧中故事情节、人物刻画，不但能从广度和深度反映现实，而且艺术表现力更高。全剧通过高潮迭起的强烈戏剧冲突，赋予了李香君忠于爱情、不畏强暴的品格，她的坎坷命运与高洁情操确实相当能够打动人心。

为余怀《板桥杂记》做评注的今人刘如溪如是说："侯朝宗李香君的故事，经过孔尚任妙手演绎成传奇《桃花扇》，可谓曲尽悲情、酣畅淋漓。在传奇里，香君的品格、见识、勇气都远远高于复社名士侯方域，三百年来令人讴歌赞叹。一青楼女子，不畏权奸，忠贞于爱情，是何等心胸眼界，尤其'却奁''守楼''骂筵'等折，香君见情见性，光彩照人。"

遥望浩瀚艺术星空，一个真实历史人物以其鲜明艺术形象的方式得以传世，在历史上的例子不在少数。在这里我们可以立刻想到的传说中的著名美女，就有中国古代四大美人：西施、貂蝉、王昭君、杨玉环。她们的美丽形象得以流芳百世，靠的几乎都是文艺作品的代代相传。其他还有，同为武将的女英雄花木兰、穆桂英，与貂蝉同时代的小乔，与秦淮八艳同行业的宋代李师师等，不胜枚举。因此我们才敢相当肯定地说，李香君之所以能够在秦淮八艳中居首位，最主要的原因就是因为有了孔尚任的《桃花扇》。由此可见，文

艺创作（包括民间口头文学）、艺术经典，在历史长河中和人类文明史上所起的巨大作用。之所以在上文中一直强调《桃花扇》的真实性，其实为的只是要将李香君的形象区别于其他许多除了名字真实外，事迹大多依靠演绎的历史人物。

李香君与秦淮八艳其他七位相比，论貌美不敌陈圆圆，论才气不如柳如是，论心计不如顾横波……然而，李香君个性高洁，不为恶势力所压迫，坚决与黑暗斗争到底，甚至不惜以死相拼。其实，在秦淮八艳中，个性高洁者不只一个，但刚烈到不惜性命这个地步的，除了最为后人赞颂的柳如是之外，就数李香君了。李香君，以其高尚的情操、忠贞的情怀而被人们长久称道。

人们或许会有这样的疑惑：难道李香君高洁的情操、忠贞的情怀是与生俱来的？其实不然，"世界上没有无缘无故的爱，也没有无缘无故的恨"。纵观李香君的成长史，我们不难发觉，她出身苦难，八岁即被秦淮名妓李贞丽收为养女，以至改随李姓。其养母李贞丽"有豪侠气，尝一夜博输千金立尽"，李贞丽一贯与复社名流交往密切，所经营的"媚香楼"，更是复社文人最爱勾留的欢场。李香君自小在此间厮混，耳濡目染，自然而然就受到了他们的熏陶。所谓"香年十三，亦侠而慧"，首先是复社文人对她作出的评价。复社党人的儒雅风流、才华横溢，以及与阉党的尖锐对立，肯定给李香君留下了鲜明深刻的印象。因此，她不但向这些风流才子学琴棋书画、诗词曲赋，甚至于政治观点、是非判断，她也自然会以他们的标准为标准。所以回顾李香君的经历，就会发现，每每在人生命途转折点上

李香君：
千秋气义耀群芳

面临大是大非的原则问题时，她作出备受后世歌颂的正确抉择，都绝非无源之水、无本之木。

明末清初是一个风云变幻、动荡不安的时代，在历史、国家、社会、人生等问题上，每个人都要面对诸多的考验并作出自己的选择。在颠沛流离的芸芸众生中，"秦淮八艳"是其中非常特殊的群体，她们牺牲自己的情色用以谋生，更将自己的人格与理想放在时代的天平上称量。她们承受了比男人更多的苦难，也经受了比众生更多的洗礼。她们比其他时代的女人更多地参与社会，但也比其他时代的女人经历更多的生离死别。她们的传奇故事，通过历史记载、文学典籍、诗词曲赋而流传下来，保留了历史中的风雨，人世间的沧桑。

晚清文人雪樵居士在《秦淮见闻录》中收录了碧梧夫人的《咏媚香楼七古》。这首长诗真实地反映了李香君的生活经历，比所有的考据穿凿、演绎编排更为生动细致：

> 秦淮烟月板桥春，宿粉残脂腻水滨。
> 翠黛红裙镜妆里，垂杨勾惹看花人。
> 香君生长貌无双，新筑红楼号媚香。
> 春影乱时花弄月，风帘开筵燕归梁。
> 盈盈十五春无主，阿母偏怜小儿女。
> 弄玉虽居引凤台，萧郎未遇吹箫侣。
> 公子侯生求燕好，输金欲买红儿笑。

莫将花月等闲看

桃花春水引渔人,门前系住游仙棹。
阉党纤儿相纳交,缠头故遣狡童招。
哪知西子含颦拒,更比东林结社高。
楼中刚耀双星色,无奈风波生顷刻。
易服悲离阿软行,重房难把台卿匿。
天涯从此别情浓,锦字书凭若个通。
桐树已曾栖彩凤,绣帏争肯放游蜂。
困愁久已抛歌扇,教坊忽报君王选。
啼眉拥髻下妆楼,从今风月凭谁管。
柘枝旧谱唱当筵,部曲新翻《燕子笺》。
总为圣情怜腼腆,桃花宫扇赐帘前。
天子不知征战苦,风前且击催花鼓。
阿监潜传铁锁开,美人犹在琼台舞。
银箭声残火尚温,君王匹马出宫门。
西陵空自宫人泣,南内谁招帝子魂?
最是秦淮古渡头,伤心无复媚香楼。
可怜一片青溪水,独尚门前呜咽流。

寇白门（1624—1654?）：何妨珠光含剑气

富贵新婚动金陵

每每提到她的故事时,人们总是从那场华丽的婚礼开始讲起。

崇祯十五年(1642年),南京城内,春风沉醉,夜色妖娆。从武定门到内桥国公府,灯火通明,五千名卫士手执红灯,将这段路照得明如白昼。火烛在迷离的夜色中跳得更加活跃,鼓乐声、唢呐声、围观人群发出的热闹议论声……声声入耳。

这场震惊当年南京城的夜婚礼的女主角,正是秦淮名妓寇白门。这是寇白门一生中最为辉煌的时刻,也是她此生离幸福最近的一次。

按照当时的习俗,一个妓女,即便是从良嫁人,一切的礼节仪式也仍然是见不得天日的,只许在夜里偷偷地进行。也就是说,即便是在人生最甜蜜、最温馨的时刻,她们的尊严也在经受着世俗的考验。这是对一个女人最彻底的歧视与伤害!所以,在那些幽暗、深邃的夜里,在悄悄进行的许多"夜婚礼"中,女人的生命都如一袭破旧的锦被,表面上绣的是花团锦簇,内里只是藏着些破败的棉絮,其中的酸涩心事,是没法讲给外人听的。

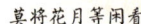

好在，寇白门要嫁的人是明朝的保国公朱国弼。那时的明朝，虽内里空虚，但作为皇亲国戚来说，他们为了炫耀自己的身份和地位，是绝对不肯跌份的。所以，保国公的婚礼也如寇白门的心事般，表面上奢华艳丽，实际上已埋着深深的隐患。

不管怎样，寇白门的风光夜婚，为日夜笙歌的秦淮河带来了激烈的震动，为寇白门所勾勒的幸福生活推开了梦想的大门，也为朱国弼的煊赫荣耀赢得了颇多的"面子"。所以，它由内到外都散发着即将成功落幕的喜悦。

和人世间的许多传奇一样，这场富贵新婚也源于一场浪漫的邂逅。

崇祯十五年（1642年）的某一天，三十岁的朱国弼和十八岁的寇白门在南京城著名的钞库街相遇了。那时的朱国弼年轻有为，颇具几分英雄本色（后因拥立福王有功，被晋为保国公）。那时的寇白门，绮丽多姿，青涩多情，正是仰慕英雄的年龄，再加上本就带着几分侠气，所以对看似英勇的朱国弼真是一见倾心！而年轻貌美的寇白门，也让朱国弼心动不已。

余怀在《板桥杂记》中曾这样描述她："寇湄，字白门……白门娟娟静美，跌宕风流。能度曲，善画兰，粗知拈韵吟诗，然滑易不能竟学。"在秦淮八艳里，寇白门不是最有才华的，曲不比李香君，画不比马湘兰，诗不比柳如是，但她身上最有气质的恰恰是这些不完美中透露出的纯真与质朴。余怀说她虽粗通文墨，却难学油滑，这是对她性格的概括，也是她内心世界的精彩呈现。她抒怀磊落，

寇湄像

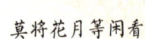

耿直潇洒,喜欢抱打不平,颇具女侠风范,所以,"跌宕风流"这四个字是寇白门一生的"题眼"。

传说,寇白门还没有出道的时候,有一个叫李贞美(李十娘)的人已经是名妓了。有一次与宾客吃酒,席间有一个叫秦公子的人看到李十娘的牛角小章,上面刻着"李贞美之印"。这个秦公子就开玩笑说:"美确实有点儿,贞就谈不上了吧。"作为风尘中的妓女,这句话当中的讽刺意味实在是莫大的伤害!秦公子说完之后,也自觉失言,所以假装掉了一文钱到地上,尴尬地弯腰拾起来。这一幕被寇白门记住了。时隔一年,秦公子高中进士,在秦淮河畔歌舞欢畅,酒席结束后,秦公子赏银给众歌伎,寇白门也在其中。寇白门得到二十两银子时,不但没有高兴,且面露鄙薄之色,说秦公子今天赏给我的这二十两,跟当年醉酒后掉在地上的一文小钱没什么区别。当年你是穷公子,现在是地方官,如果还像当年那般吝啬,不知道以后会不会因此而搜刮民财?!

寇白门一席话让秦公子颜面尽失,自知无法在南京立足,所以只好远走他乡。如果按照旧小说的路子,这一出戏似乎可以叫"寇白门当众揭往事,秦公子无颜立金陵"。但这个故事其实脱胎于《板桥杂记》中余怀与李十娘之间发生的一次摩擦,与寇白门没什么关系。但它能够长久地流传并引人共鸣,应该还是和寇白门身上的某些特质有些关系的。

其实,秦淮八艳身上多少都有几分侠气。从马湘兰的蔑视权贵敢于戏弄魏忠贤,到柳如是得知国家覆灭后打算从容就死,更有李

寇白门：
何妨珠光舍剑气

香君血溅桃花扇的刚烈勇猛，都是逢到贫穷贵公子便解囊相赠，遇到土豪兼恶霸即嗤之以鼻。但是，在"八艳"当中，真正称得上是"女侠"的，只有寇白门一个。她侠肝义胆最为突出的表现，就是对丈夫朱国弼的以德报怨。

寇白门和朱国弼的那场惊世骇俗的婚礼，和很多传奇故事一样，发端的时候千回百转，爱意浓郁，但真正的生活却平淡萧条，乏善可陈。尤其是两个人本就不是门当户对。朱国弼是家世显赫的国公爷，即便明朝再衰落，但世袭的爵位随血液代代相传。反观寇白门，"寇家多佳丽，白门其一也"。纵然是响当当的秦淮名妓，但毕竟出身娼门，骨子里总是有些愤世嫉俗的悲观。寇白门一生都在寻求真正的平等与尊重，她想摆脱命运的束缚，挣扎着做一个独立的女人，想真正拥有属于自己身份的时候也拥有自己的婚姻与爱情。而这些，从高高在上的朱国弼身上都是无从获取的。

朱国弼对爱情的态度是攀比与炫耀。结了婚之后，他照样花天酒地过自己的快活日子。寇白门对他来说，不过是无聊婚姻中多了个精致的陈设，像是逛古董店，随便搬回来个美丽的花瓶儿。而寇白门也在日渐琐碎的平淡生活中，觉出了自己所托非人。更重要的是，她本人比较耿直，不够油滑，总是带着些与周围气氛不相容的刚烈，与家里其他妻妾的关系也不甚和睦。根据《板桥杂记》的记录，保国公曾经有一名姬妾叫王节，因为和寇白门关系不好，所以后来又重新回到秦淮河。以此推测，当年的寇白门，应该也还是得宠过一段时间。但鉴于朱国弼所提供的婚姻生活，与寇白门的爱情理想相去甚远，所以，他们之间的感情很快便显出裂痕。

正在寇白门郁郁寡欢的时候，一场国仇家难突然爆发。这场灾难看似是对命运的毁灭，却意外地成全了寇白门的新生。

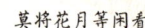 侠女夜奔

甲申三月（1644年），寇白门嫁给朱国弼不到两年，正赶上清兵南下，明朝灭亡。作为前朝皇亲国戚，朱国弼为了保全自己的性命，竟然匍匐在泥泞之中对清军投降，家人被没入官。但是清朝初年，对降官有特殊的优待，一般是迁回北京软禁起来。

朱国弼被软禁之后，开始琢磨用钱疏通关系。左思右想后，他决定变卖家中歌伎和婢女，来换取自由。当年花大把银子买来灯红酒绿的歌伎们，现在就要被卖往不同的渠道了。这些被国公爷府长期喂养的美姬们，都是关久了的笼中鸟，折翼了的小天使，放出去也已经不会飞了。何况，在那样一个时代，良家妇女的职业就是呆坐家里，出来抛头露面的多数都不是什么好差事。现在，她们养尊处优了这么长时间，已经变得不知道如何去过"拼脸皮搏出位"的底层生活了。她们惊慌、忙乱、哭作一团。但寇白门倒是较为冷静。

"姬度亦在所遣中"，寇白门冷眼旁观，知道朱国弼次第变卖姬妾，自己肯定是跑不了的。与其坐等被卖给缥缈的未来，不如索性自己来改写命运。出去找死总比坐着等死要积极得多。

打定主意后，寇白门主动来找朱国弼，坦言自己愿意出去筹钱

寇白门：
何妨珠光含剑气

救他。这倒是朱国弼没有想到的。据陈维崧《妇人集》记载，寇白门是这样对朱国弼说的："公若卖妾，计所得不过数百金，徒令妾落沙吒利之手。……不若使妾南归，一月之间，当得万金以报。"意思是："如果你今天卖了我，也不过得百八十两的银子，而且白白让我落入恶人之手。……如果你愿意放我南归，一月之间，我便可筹万金回来报答你。"

朱国弼静静地打量着这个女人，她眉宇间隐隐透出的英气和威武，是寻常男子身上也难得一见的。而且，这两年来，朱国弼观察过寇白门，她重情轻利，一诺千金，绝对是女中英豪。至于……朱国弼没有往下想，这个女人如何筹钱并不重要，重要的是她能够带着钱回来救自己。

对于寇白门南归的描述，最为生动有趣的记载是："匹马短衣，从一婢南归！"说她身穿短小利落的衣裳，趁着夜色，携婢女纵马南下。这话听起来倒也帅气，但可怜的寇白门，在那些日夜兼程疲惫赶路的夜晚，是否也在明月高悬的时候，想到自己曾经风光一时的婚礼呢？她是否已打定主意，为自己绚烂的前半生做个漂亮的了结？

寇白门回到秦淮河，真的就召集众姐妹们帮忙，凑齐了万两黄金，救出了朱国弼。《板桥杂记》中的记载简单而朴实，只说了句，"白门以千金予保国赎身"。当她风尘仆仆回到朱家，将之前的许诺一一兑现时，朱国弼是有些惊喜的。他想与寇白门鸳梦重温，一方面，他想弥补她受伤的感情；另一方面，他见识了这女

人的能力。

但寇白门拒绝了朱国弼。

寇白门认为:朱国弼当年把她从秦淮河赎回家娶进门,让她"脱籍"成了一个自由人,对她而言,这是大恩。今天,她救朱国弼,也不过是将同样的自由还给了他。算下来,他们两讫了。

按说,女人失恋时的痛苦,跟男人失业时没什么两样。情感无处寄托,精神无所依靠,灵魂无法安顿。尤其对于从秦楼楚馆里走出来的女人来说,爱情是她们生命中最为珍贵的理想,失恋的痛苦简直就是致命的打击。所以,人们常常拿杜十娘来和寇白门作比较。杜十娘满怀对新生活的憧憬,被李甲从青楼里救出来,发现李甲在路上竟然将自己转手卖给了孙富。她羞愤交加,彻底失去了对人生和爱情的希望,于是怒沉百宝箱,跳河自尽。同样是遇人不淑,寇白门没有选择殉情,她选择的是放手。

朱国弼遭遇困境,她愿意施以援手,以德报怨,毫不计较他曾打过将自己卖掉的主意,并不惜远赴江南筹钱救人。但危机解除后,她无法与这种无耻小人生活在一起。她刚毅、决绝,一脚踢碎朱国弼企图复合的奢望,拿了自由去闯自己的世界。她的身上不会有那种缠绵悱恻、拖泥带水,她要的是潇洒的姿态,爽快的人生!所以,人们总喜欢说寇白门虽出身青楼,却十足是个风尘侠女。说的正是她这份干脆与决绝!

寇白门：
何妨珠光含剑气

 死比生更传奇

经历了辉煌的婚礼与虚伪的婚姻后，情路坎坷的寇白门其实并没有多少路可以选择。她举目无亲，无依无靠，从朱家出来就只能回秦淮河重操旧业。

"归为女侠，筑园亭，结宾客，日与文人骚客相往还。"归来后的寇白门似乎比未嫁时活得更滋润。她修庭筑园，呼朋唤友，吟诗唱和，宾客盈门，且往来皆为文人骚客，不但潇洒快活，而且风雅更甚从前。但这些都是她给世人造成的错觉，热闹是大家的，她什么都没有。对爱情的失望，对命运的不甘，她只是藏在心底，没有写在脸上罢了。

此时的寇白门，面如青瓷，内心破碎。秦淮河水柔波依旧，她美好的青春与梦想却已经不在了。纵横交错的往事，如爬满心头的累累伤疤，藏得住丑，却止不住疼。但她不愿让人看出这凄苦。人前人后，她还是那么热情豪放，侠骨柔情。她感念姐妹们当年筹钱救朱国弼的恩德，经常对姐妹们解囊相助，施以援手。遇到穷公子，她仍然愿意无私地扶持。岁月，不仅给了寇白门以苦难，还教会了她慈悲。

唯有推杯换盏，酒酣耳热时，她才能略微地露出些真性情来，那感伤与感慨随着微醺的酒气缓缓溢出。"酒酣以往，或歌或哭。亦自叹美人之迟暮，嗟红豆之飘零也。"红粉飘落，身世凄零，正是寇白门后半生的写照。她不甘于命运的安排，于是后来又嫁了扬州的

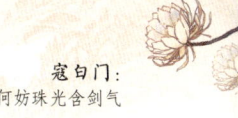

寇白门：
何妨珠光含剑气

一个孝廉,貌合神离,并不幸福,只得又离家复归秦淮。

再次回到秦淮的寇白门,处境更加艰难。人说女人二十岁之后,美丽和气质就不再是上天的恩赐,而是来源于内心的宁静与祥和。但寇白门那颗并没有多少年轮的心却已经残破如风中老旧的窗栏纸。她老了,从心灵到容貌。当年那个风姿绰约的秦淮名妓,那个匹马南归的潇洒女侠,都和如今的她相去甚远。

岁月是一块滚钉板,不能百炼成钢,就只能千疮百孔。

老了的寇白门,却不得不在秦淮河继续吃"青春饭",虽然吃的都是残羹冷炙,但生命的暗火也没那么容易熄灭。她遇到了一个姓韩的书生。此时的寇白门,对韩生照顾得无微不至,既给予精神上的安慰,也送去经济上的资助。那时的她,情感脆弱,身心俱疲,将一腔热情都放在了韩生的身上。有一次生病,她召韩生相陪,求韩生留下来过夜。"卧病时,召所欢韩生来,绸缪悲泣,欲留之偶寝。韩生以他故辞,犹执手不忍别。"寇白门一生刚强侠气,丝毫不愿在人前示弱,现在却顾不上自己的面子和身份,拉着韩生的手,苦苦乞求他留下来陪自己。但韩生推说有事,仍然急急地甩衣离去。

到了晚上,寇白门听到隔壁传来隐隐的笑声,她强撑病体侧耳倾听,原来是自己年轻的侍女正在与韩生调情。她悲愤难忍,觉得受了巨大的欺骗,不但大骂韩生忘恩负义,还责打侍女。结果又气又病,医药无效,几天后就病死了。

寇白门死后,她的故事似乎比她生前更传奇。

有人说,她嫁到国公府的时候,其实是被皇上钦点要进宫的,但是她不愿意过那种没有自由和尊严的生活，所以才下嫁给朱国弼。还有人说，寇白门为什么能够筹集那么多银子救了朱国弼呢，是因为她参加了反清复明的地下组织。后来她重回秦淮也与此有着莫大的关系，其实质就是打着歌伎的旗号，行"复国"的大业。

这样说来，寇白门不但是个女侠，而且可以说是忠肝义胆的爱国志士了。而且，人们发现明朝那些遗老遗少也在纷纷为寇白门写诗扬名。

当时，号称明末清初诗坛"江左三大家"之一的吴梅村，曾于顺治九年（1652年）时在南京遇到寇白门，感慨她一生的凄惨遭遇，写下《赠寇白门六首》。其二云：

朱公转徙致千金，一舸西施计自深。
今日只因勾践死，难将红粉结同心。

说的是朱国弼被俘北上，寇白门挥金救夫的故事。但他在其中用了一个典故，是西施救国。西施救国能够成功是因为勾践尚在，而寇白门救国不成，是因为君王已死。所以红粉佳人只得白白牺牲。

另一诗坛盟主钱谦益曾作《金陵杂题》，也写过寇白门的侠骨柔情。

寇家姊妹总芳菲，十八年来花信违。
今日秦淮恐相值，防他红泪一沾衣。

寇白门：
何妨珠光含剑气

丛残红粉念君恩，女侠谁知寇白门？

黄土盖棺心未死，香丸一缕是芳魂。

  钱谦益的诗，讲了寇白门出身娼门，家中姐妹均很美艳，也讲了寇白门的经历。最重要的是他讲了一句"丛残红粉念君恩"，于是很多人联想钱谦益这种级别的诗人，每个字都是经过推敲的，不会随便乱写，就像吴梅村绝不会乱用典故一样。于是，在尘封的诗页里，的确可以找到很多人悼念寇白门的诗句，且总能看到诗人对她忠君爱国、侠肝义胆的称赞。

  持此观点的人，似乎都忽略了一个问题，中国传统文人，最常见的一个比喻，便是将自己比作美人或者怨妇，而将君王比作心中的男子或者可以依恋的情人。读懂了这一层含义，再来看钱谦益和吴梅村的诗，便能品出不一样的况味了。

  钱谦益和吴梅村都属于降清的文人，在清朝都曾出任过官职。而且，他们的仕途都非常不顺。这就很容易联想到寇白门，寇白门身世飘零，遭遇坎坷，但她却懂得感恩，不管朱国弼如何待她，她都做到了临危受难，以德报怨。女人忠于丈夫，臣子忠于君主，在三纲五常里，这是非常明确的关系。但是，寇白门能够做到的，很多明末的文人都做不到，包括钱谦益，包括吴梅村，都没能做到守节不变。他们的心里多少是有些愧疚的。这一点，在吴梅村身上体现得更加突出。吴梅村只在清朝做了四年官，却终身背负一个"贰臣"的骂名，后来也是非常后悔的。他们借寇白门的侠义之气，来抒

发自己心中的抑郁,也是非常容易理解的。所以,认定寇白门乃于秦楼楚馆实施反清复明的大计,估计是受了传奇小说的影响。

即便如此,寇白门当年策马扬鞭、夜奔疾驰的风姿,还是深深地印在了秦淮河的画卷上。

寇白门出身在风尘烟花之地,却有情有义,最是侠肝义胆。她懂得爱,尊重爱,也敢于创造爱。但可惜的是,这样的一个奇女子,一生都没有遇到过真爱。很多文人在她死后扼腕叹息,写诗著文,却从来没有哪个男人在她活着的时候真正爱过她,懂过她,甚至呵护过她。

寇白门是秦淮八艳之中死得最为凄惨的一个。她死的时候,身边没有爱人,心中也没有爱情。

陈圆圆（1623—1695）：
乱世红颜垂千古

艳若天人，观者断魂

作为公众视线里知名度最高的"红颜祸水"，陈圆圆是中国历史上绝无仅有的"异数"。她光彩夺目、明艳照人，一举一动、一颦一笑都被文学家所关注和记录，更被史学家奉为"改写中国历史走向的女人"。但是，翻阅当年的记载，却惊奇地发现，陈圆圆的一生全是解不开的谜。比如她与吴三桂的相识，比如她和李自成的关系，再比如她究竟香踪何处，魂归何方？也许，她确实改变过历史，但历史却没能认真地记住这个女人。

陈圆圆生于明天启四年（1624年）左右，关于她的姓氏，一般有两种说法。一种说法是，陈圆圆的父亲是个杂货店老板，生意不错，小有积蓄，生活相对富裕，当地人称他为"陈货郎"。陈货郎迷恋昆曲，不惜挥金散银，请很多梨园人士到家里常住唱曲。陈圆圆耳濡目染，渐得其味。但陈父也因不务正业，日夜欢歌，导致生意萧条，

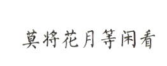

家境渐渐败落。父母没办法，只好将陈圆圆寄养在姨妈家。姨父重利轻情，将陈圆圆卖入乐籍。

另一种说法是，陈圆圆本姓邢，名沅，字畹芬，小字圆圆。由于母亲早亡，所以父亲将她寄养在姨妈家。姨父姓陈，于是陈圆圆改随"陈"姓。姨父起初也算略有薄产，家境殷实。但因为迷恋昆曲，所以败了家业，陈圆圆被逼无奈，落入风尘。当然，也有说陈圆圆的姨妈本身就是个倒卖歌伎的"人贩子"。

不管陈圆圆到底姓什么，让人无法忽视的是，她来自于"戏迷"之家，从小便受到多方面的艺术熏陶，拨弦度曲已是不在话下。再加上陈圆圆长得粉妆玉琢，所以甫一出场，便光芒四射，惊艳秦淮。

在关于陈圆圆的描述中，钮琇的《觚剩》写得最为传神，"有名妓陈圆圆者，容辞闲雅，额秀颐丰，有林下风致。年十八，隶籍梨园。每一登场，花明雪艳，独出冠时，观者魂断"。陈圆圆以"吴音唱南曲"，本来粉丝就多，观者群体比较庞大，再加上自己雪肤花颜，唱功又好，所以每每出场，必然艳冠群芳。而"额秀颐丰，花明雪艳"这八个字也渐渐成为后人形容陈圆圆的专用词。

邹枢在《十美词纪》中也记录过陈圆圆的美貌与才艺，他说陈圆圆"少聪慧，色娟秀，好梳倭堕髻；纤柔婉转，就这如啼。演西厢，扮贴旦红娘脚色。体态倾靡，说白便巧，曲尽萧寺当年情绪"。在邹枢的笔下，陈圆圆长得漂亮，人又聪明，每次演《西厢记》时都扮演红娘的角色，身段唱白入情入境，让人浮想联翩，观

陈圆圆：
乱世红颜垂千古

者断魂。

冒辟疆的《影梅庵忆语》在怀念初见陈圆圆时，更是赞为天人。"其人淡而韵，盈盈冉冉，衣椒茧时，背顾湘裙，真如孤鸾之在烟雾。是日演弋腔《红梅》以燕俗之剧，咿呀啁哳之调，乃出之陈姬身回，如云出岫，如珠在盘，令人欲仙欲死"。陈圆圆气质淡雅而韵味十足，盈盈冉冉，如烟雾中的孤鸾，令人既生怜惜，又含爱慕。听到陈圆圆婉转柔美的唱腔，乃至看到她回转身姿的一个微小动作，都有"云出岫，珠落盘"的复杂情绪，令人欲仙欲死欲罢不能。

陈维崧曾经在《妇人集》里面提到陈圆圆，"蕙心纨质，澹秀天然。生平所靚，则独有圆圆耳"。其实说的也是陈圆圆的气质。她聪慧明媚，俊秀天然，而且艺术水平很高，在当时南曲中，号称"擅绝一时"。陆次云在《圆圆传》中对她的评价或可看出端倪："声甲天下之声，色甲天下之色。"也就是说，陈圆圆不仅色甲天下，美得惊天动地，而且声甲天下，才艺冠绝秦淮。恐怕也只有这样的女人，才能美得让人无法自持。

某种程度上说，陈圆圆是上天送给人间的尤物。她花明雪艳，珠圆玉润，言辞娴雅，举止风流，锦绣气质更是浑然天成！她是倾国倾城的绝代佳人，又是百年难遇的梨园奇才，她满足了世间男子对女人的所有想象。同时，根据她后来的遭遇和历险，几次落入历史的深坑又挣扎着活过来的坚韧，便能推断出她的智慧与气度也非寻常女子所能比。凭她的才貌、胆识和见地，陈圆圆放在任何一个时代里,任何一位帝王身边,都丝毫不会逊色。但就是这样一位天姿国色的美人,竟然连想做人家小妾的愿望都无法实现。

也许,天生丽质的本身便是一柄双刃剑。

 两次许婚未成婚

陈圆圆属于那种没什么远大理想的女人。她不像董小宛,见到青年才俊后立刻一见钟情;她也不像柳如是,非要寻一个高山仰止的精神偶像才能安放自己不安的灵魂。她只是想平平安安过日子,踏踏实实求生存。所以,陈圆圆虽是"秦淮八艳"中长得最漂亮的女人,却是要求最低,考虑最少的一个。她起初并没有太多攀高枝、嫁豪门的心思,只想从良嫁人。但问题是,以陈圆圆的姿色,即便降价处理,也不是寻常百姓能够消受的。

与坎坷的经历相比,陈圆圆的情史显然单调了许多。遇到吴三桂之前,她一共有两次嫁人的机会,但造化弄人,两次都没有嫁成。被陈圆圆选中的这两位公子,一位是鼎鼎大名的明末四公子之一冒辟疆,另一位是江阴贡修龄的儿子贡若甫。

当时,贡若甫的父亲贡修龄在金华地区做官,贡若甫去探望父亲,路过苏州就遇到了陈圆圆,一见之后神魂颠倒。于是,花三百金为陈圆圆赎身,打算娶回家里做小妾。陈圆圆虽然名气很大,毕竟落籍风尘,所以能够嫁人从良,心里还是非常高兴的。贡若甫的

陈圆圆：
乱世红颜垂千古

正妻很快也收到消息，知道丈夫要领回来这样一个千娇百媚的小妾，自然是恼羞成怒，既怕辱没家门又担心自己日后失宠日子难挨，所以传来消息：不许陈圆圆进门。但贡若甫已经决意要娶陈圆圆，根本不需理睬妻子的话，硬是拉着陈圆圆回到家。

贡父贡修龄见到陈圆圆时，心中一惊，此女艳如天人，岂是我儿能留得住的。贡修龄马上把儿子拉过来，告诉贡若甫："这个女人是贵人相，咱们家留不住，你赶紧哪里请回来的再给人家退回去。赎金也不要追究了，先送走了再说。"贡若甫满肚子不高兴，但是老婆的话可以不理，老爸的话却不能不听，只得垂头丧气地让陈圆圆离开了贡家。

陈圆圆离开贡家之后，无处可去，只得又入风尘，重操旧业，日复一日地消磨大好的青春。崇祯十四年（1641年），她终于又等来了一个想娶她的男人——冒辟疆。

那一年，冒辟疆来到苏州见董小宛，结果没见到董小宛，所以心情比较低落。这个时候朋友就推荐了陈圆圆。其实"秦淮八艳"在含义上比较宽泛，多指活动在江南一带的妓女，有的是生活在南京，有的是去过南京，多少都与南京有些关系。比如陈圆圆，当时的活动范围主要在苏州地区，而并不是在南京。

冒辟疆看到陈圆圆的时候，陈圆圆正在唱曲，容颜娇美，身姿曼妙，风华绝代，让人一见倾心。而冒辟疆本人风流倜傥，家世好，才华好，所以陈圆圆也很喜欢他。二人便执手相约八月时再见。

明末时分，内忧外患已经非常严重，但后妃争宠与外戚揽权却

丝毫没有放松。当时争宠最严重的莫过于周皇后和田贵妃。周皇后甚至让被封为嘉定伯的父亲到南方选美，然后送进宫来献给皇上，以扩充自己的"队伍"。田贵妃这边不甘示弱，也让父亲到处搜罗美女。恰逢父亲田弘遇接到皇命奉旨去南海进香祈福，于是田弘遇打定主意，进香与选美要同时开展，务必一举两得。就这样，田国丈到了江南后一路搜罗美女，见到就先抓起来再说，搞得人心惶惶，稍有姿色者更是人人自危。陈圆圆这么有名的人物，自然也在抓捕范围内。于是，田国丈到了苏州就先抓到了"陈圆圆"。

等到崇祯十四年（1641年）八月，冒辟疆依约返回来找圆圆时，得知一个月前"陈圆圆"被掠走了。冒辟疆心里颇不宁静，仰天长叹，佳人难再得。不料，朋友告诉他，说被抢去的只是长相酷似陈圆圆的一个歌伎，是个赝品，真正的陈圆圆现在藏身在离你不远的地方。经过指点，冒辟疆这才找到了陈圆圆。

陈圆圆刚刚受过劫掠的惊吓，身心脆弱，见到冒辟疆如见亲人，当即表达了自己想要"以身相许"的愿望，还淡妆上船拜见了冒辟疆的母亲。

冒辟疆这个人优柔寡断，瞻前顾后，总喜欢衡量利弊得失，又愿意装英雄充好汉扮孝子贤孙，遇事从没个爽快，这次也不例外。他告诉陈圆圆说，我父亲做官的襄阳现在被张献忠部队给包围了，我得先把母亲送回家，然后我们再谈婚论嫁。陈圆圆一听言之在理，所以就跟冒辟疆先订了婚约，等着冒辟疆日后来娶。

崇祯十五年（1642年）春，冒辟疆返回来寻找陈圆圆，结果人去

陈圆圆：
乱世红颜垂千古

楼空，陈圆圆刚刚又被田弘遇抢走。冒辟疆遗憾万分，伤感之余机缘巧合遇到了当年同样魂牵梦萦的董小宛，从而开启了另外一段浪漫的爱情故事。

这次被田弘遇抢走的确是陈圆圆本人。冒辟疆走后，陈圆圆无以为生，只能继续登台演出，不料被田弘遇的女婿发现了，抢回去送给了田弘遇。就在冒辟疆赶来约会陈圆圆之前，陈圆圆被田家掳走。如果冒辟疆早来十天半个月，那么陈圆圆的命运可能会就此改写，历史的走向也许会就此转弯。可惜，历史没有如果，只有结果。

命运有时候就是这么不可捉摸。有的女人一生都惦记着攀龙附凤，但只能勉强糊口贫贱一生；而有的女人本希望平平淡淡地嫁人生活，命运却偏要塞给她轰轰烈烈的精彩戏码。

陈圆圆一路北上，等待她的是崭新的金丝鸟笼，崭新的生命历程。

笼中鸟的忧伤

崇祯末年，各地起义频发。历史性大地震爆发前，各处边关城池已开始纷纷告急。关城失守，燕都震动。而江南凭借天然屏障，反倒是相对安逸，声色娱乐依然极盛。当然，这些也都是陈圆圆到了北京之后，整天闷闷不乐中渐渐悟出来的。

田弘遇掳陈圆圆进京本是打算献给皇上邀功争宠的。女儿田贵妃死后，田弘遇赶紧把小女儿也送进宫去陪伴皇上，生怕自己的荣

华富贵从此没了依靠。所以，这次送陈圆圆进宫，自然也是想让陈圆圆去博皇帝的青睐。但历史的难题摆在面前，国事衰微，风雨飘摇，崇祯皇帝已无心女色，所以根本没有多看陈圆圆一眼，就打发她原路返回。

从江南妓院到京城皇宫再到国丈府，陈圆圆转了一圈，又落到了田弘遇的手里，成了田府的歌伎。表面上看，在府里唱曲固然是比外面日子安稳些，但密不透风的田府，除了这个垂垂老矣的田弘遇，她再也没机会结识外面的青年才俊了。所以，陈圆圆每每在府里唱高山流水，田弘遇还跟着击节赞叹，不知陈圆圆其实是在哀悼知音难觅。

陈圆圆的郁郁寡欢很容易理解，田弘遇的忧心忡忡其实也蛮有道理。一方面，大明朝风雨飘摇并不安生，田弘遇也看出来朝廷已然危如累卵。当然，他对国家的担忧主要还是来源于"自保"。明朝在，他国丈的身份就在，他就能锦衣玉食高枕无忧。所以，他比普通百姓还要关心时局的发展。另一方面，这个陈圆圆虽然被皇上退回来了，但名气非常大，在府里藏久了总会被外面人知道。这么如花似玉貌若天仙的美人，若是被别人夺去了，真是一大损失，所以务必要妥善保管，谨防丢失，非到万不得已，绝对不能拿出来示人。但万不得已的情势，已经随着历史的滚滚大潮扑面而来。

甲申（1644年）春，到处揭竿而起的局势闹得崇祯皇帝寝食难安，所以崇祯急招吴三桂进京，赐尚方宝剑给他，加官晋爵，委以重任，派他保住山海关。吴三桂位高权重，手握重兵，一时风光无限。

吴三桂的父亲吴襄原是统帅辽东的总兵，吴三桂的舅舅是镇守锦州的总兵祖大寿，所以，吴氏一门始终是辽东望族。吴三桂自幼随父亲和舅舅四处征战，骁勇善战。少年时，便曾率领二十几位家丁冲进数万敌军中刀刀见血，杀敌无数，冒死救出被围困的父亲，留下"孝闻九边，勇冠三军"的美名。此番进京，升为辽东总兵，更是表达了崇祯对他的殷殷期望。

按理说，吴三桂文武双全，应该是非常受人尊敬才对，但事实上吴三桂名声并不是很好，其重要的原因就是贪恋女色。吴三桂少年得志，名扬四方，仕途上非常顺利，但他始终有个遗憾就是妻子不够漂亮。他曾经自觉不自觉地感叹说"做官要做执金吾，娶妻当娶阴丽华"，"我亦遂此愿，足矣"。虽是一时流露的思想动态，但也很能说明问题。吴三桂一方面欣赏着自己的风流伟岸，一方面也寻觅着匹配自己的绝色佳人。可惜的是，他始终没有找到符合心意的美女。直到遇见陈圆圆，他才神魂颠倒，必欲夺之而后快。

关于陈圆圆与吴三桂的相识，各种版本都颇具传奇色彩。一种说法是田弘遇死后，陈圆圆顺理成章归了吴三桂所有。但第二种说法流传更广些，即陈圆圆和吴三桂相识于田府。

据陆次云在《圆圆传》记载，吴三桂先前仰慕陈圆圆的艳名，本打算把陈圆圆买回府上，结果田弘遇捷足先登，抢到自己家里去了。陈圆圆因为不能侍奉吴三桂整日怏怏不乐，唱些高山流水知音难觅的曲子，而吴三桂对此更是非常不快。

此时，李自成义军的声威已经开始撼动京城。帝都的官宦之家惶惶不可终日。田弘遇也很是焦虑，偶尔会把这种苦恼跟陈圆圆倾诉。陈圆圆就劝他："现在是乱世，您老人家又没有什么依靠，要是真乱起来，以田家的声望和财富必定要起祸事。不如早点跟吴三桂将军交好，万一有个什么危机，您好歹有个靠山！"田弘遇感叹说："现在想巴结他，怕是也来不及了！"陈圆圆就继续摆事实讲道理，对田弘遇进行思想动员说服教育。她说："吴将军仰慕田府的歌舞已经很久了，之前您一直忧虑石崇绿珠的前车之鉴，所以始终不肯让我见人。现在，您连一家老小都保不住了，还要计较这些吗？如果现在您去请吴将军来，他一定会过来的。"田弘遇觉得此言有理，于是派人去请吴三桂入府。

崇祯十七年（1644年），在历史的三岔路口，陈圆圆遇到了吴三桂，从此改写了自己的人生，也顺便改写了中国历史的走向。

 遇到真情郎

如果田弘遇拉拢吴三桂一事确如陆次云所说，乃是陈圆圆一手促成的话，那么陈圆圆的口才与智谋绝非一般。她不但算准了田弘遇想巴结吴三桂的心理，而且猜到了吴三桂知道自己身在田府，所以必会前来见上一面。至于其他的事，只能交给天意了。毕竟，人算不如天算。

吴三桂接到田弘遇的邀请后，欣然前往。他戎服临筵，威风凛凛，器宇轩昂。田弘遇盛情款待，恭敬有加，酒很好，菜也不错，

陈圆圆小像

莫将花月等闲看

但吴三桂似乎并不在意。略略坐坐,喝了几杯就推说有事要回去了。田弘遇几番挽留,效果都不大,知道如果不用"杀手锏",今天的一番苦心恐怕就要白费,不得已才把吴三桂请进了密室,邀请吴三桂看府上的乐姬歌舞。

丝竹乱耳,群姬毕出,吴三桂一看桃红李白,各具风采,这田国丈表面上为皇上选妃,自己的府里就抵得上半个皇宫了。在这些姹紫嫣红中,吴三桂一眼便看到了陈圆圆,统诸美,先众音,妆容淡雅却眉目含情。吴三桂直看得心荡神驰,赶紧卸盔甲换便装,立刻来了兴致。他转头对田弘遇说:"这就是传说中的陈圆圆吗?果然倾国倾城!你拥有这样的绝色美人,难道心里不害怕吗?"田弘遇一时之间竟不知怎么回答才好,只得命陈圆圆过来给吴三桂敬酒。

陈圆圆盈盈冉冉地走到席前给吴三桂敬酒。吴三桂此时正意乱情迷,心猿意马,不自觉地问陈圆圆说:"你过得快乐吗?"此刻,陈圆圆面前站着的是高大勇猛年轻有为的吴三桂,旁边坐着的却是一个垂垂老矣朽木般的田弘遇,放在谁的身上能快乐得起来呢?陈圆圆一阵忧愁,悄悄地对吴三桂说:"红拂当年尚且要从杨素府里逃走,况且田国丈连杨素都不如!"隋唐时候的歌伎红拂因为不愿意侍奉年高体迈的杨素,所以跟着一介布衣李靖趁夜私奔,上演了一出惊世爱情传奇。此时,陈圆圆用了这个典故出来,吴三桂立刻就明白她的心思了。

吴三桂也知道如果向田弘遇开口要人,田弘遇必然不给。自己

陈圆圆：
乱世红颜垂千古

虽然手握重兵，但田弘遇怎么说也是皇亲国戚，总不能明抢，所以吴三桂表面畅饮，内心却很郁闷。

此时，城里的警报一次次拉响，吴三桂不想离开，但又不得不离开了。正是万箭穿心痛苦难挨之时，结果田弘遇率先坐不住了，他问吴三桂说："如果李自成来了，怎么办呢？"吴三桂冷笑道："如果你能把圆圆送给我，城里真的乱起来，我可以先保你一家安康！"田弘遇真是舍不得陈圆圆啊，但是想到一家老小没个依靠，今日抱不上吴三桂这棵大树，改天真要国破家亡，留着陈圆圆有什么用呢？倾巢之下岂有完卵？田弘遇走投无路，只好忍痛割爱，答应将陈圆圆送给吴三桂。

吴三桂随即命陈圆圆再舞一曲，以辞别田弘遇。陈圆圆身逢喜事，心情一振，快快乐乐地舞了一曲，就收拾东西跟着吴三桂回家了。

吴三桂新收了圆润甜美赏心悦目的陈圆圆后心满意足，而陈圆圆跟了吴三桂也觉得非常幸福，两个人欢喜得很。但边关战事吃紧，崇祯皇帝再三催促吴三桂出征应战。吴三桂刚刚得到陈圆圆，正是爱不释手的时候，万般不愿意离开她，于是跟父亲商量想让陈圆圆"随军"。

吴三桂的父亲吴襄坚决反对陈圆圆随军。吴襄给出的理由是："妇人在军中，兵气恐不扬。"说是怕吴三桂带着女人上战场会分心。据说汉代李陵在率兵攻打匈奴的时候，战争陷入胶着状态时，李陵发现士兵们精神不振，所以怀疑有女人在军中。结果搜查之下，发

现果然有随军妇女,于是一声令下,全部杀掉。第二天,士兵们因为悲愤无处宣泄,所以奋勇杀敌大获全胜。据此,吴襄不让陈圆圆随军,一方面是怕儿子打仗时候分心,另一方面也是担心万一被崇祯知道,怕是会怪罪下来。当然,这些都是冠冕堂皇的光明正大的理由,但私底下,吴襄还有另外的打算。

崇祯不仅对吴三桂委以重任,连吴襄都给升了官,一家老小全部接到京城。政治斗争中摸爬滚打多年的吴襄,深刻地明白这其中的含义。吴三桂要是能够打胜仗,皇恩浩荡,自然免不了加官晋爵;万一他背叛朝廷投降了清军,那么吴家上上下下,崇祯绝不会轻饶。所以,吴襄必须扣下陈圆圆做"人质",以防吴三桂叛国"叛家"。也就是说,吴家上下是崇祯的人质,陈圆圆是人质手中的人质。

一再催促下,吴三桂终于出征。不料,国运动荡,吴三桂刚刚领兵出关,历史变局的大幕就徐徐拉开。

吴三桂前脚刚刚出山海关,李自成的义军就攻占了西安,宣布建国,国号大顺,年号永昌。接着,大顺军攻占了太原,一路杀来直逼京都。崇祯皇帝马上命吴三桂率兵回京护卫。吴三桂接到命令后,大军即刻调转方向,原路返回。但是军兵本来就多,移动起来传递讯息都不太顺畅,加上很多辽东附近的百姓也想随军逃到关内避难,免受清军骚扰,所以随行的人越聚越多,严重影响了行军的速度。结果,"吴家军"刚刚行至永平地区,就传来消息说,李自成的义军已经攻下京城,崇祯皇帝吊死煤山,明朝灭亡了。

陈圆圆：
乱世红颜垂千古

吴三桂得到消息后非常震惊，一时之间也拿不定主意。他仔细权衡了当时的战局后，做了一个重要的决定：大军就地驻扎，观望京城，密切留意各种消息，并派人打探被困在京城中的家人们的下落。

大历史与小女人

吴三桂的思虑是有原因的，原本明朗的局势渐渐错综复杂起来。崇祯在世时，明军、清军、大顺军势均力敌，互有胜负。吴三桂身在关外，手握重兵，是明朝平衡军事力量稳定全局的重要因素。皇帝在，吴三桂尽忠保国是不能逃避的选择；但如今皇帝不在了，大明朝灭亡了，吴三桂不得不为自己的未来从长计议。

当是时，李自成的义军已占据了北京城，完成了改朝换代的程序。清军则埋伏在吴三桂的背后，随时准备消灭这支让人头疼已久的"吴家军"。吴三桂手里，虽然兵多将勇，但总是禁不住腹背受敌的攻击。在这样的形势之下，他左思右想，觉得必须要投靠一方，才能保全自己的实力。现在的问题是，他应该与谁合伙与谁为敌，并如何尽量护得家人安全。

正在吴三桂前思后想替中国大历史通盘考虑的时候，李自成的军队已经在京城逼近吴三桂的家门了。

李自成的军队刚进城的时候，军纪严明，搜捕官员，抄没私产，杀富济贫，颇得人心。像吴三桂这样大富大贵的家，必然已经划在

了大顺军的查抄范围内。于是,吴三桂的父亲吴襄就被抓了起来,吴三桂的宠妾陈圆圆也成了大顺军的战利品。

关于陈圆圆的传说,基本上在这里又出现了分歧。第一种说法是明朝灭亡大顺军进城后,陈圆圆死在乱军之中。第二种说法是陈圆圆被李自成抢去了。

李自成进城后进驻了崇祯的皇宫,他问内廷的太监们:"后宫佳丽三千,竟连一个天香国色的美人都没有?"太监哆哆嗦嗦地回答:"先帝摒声色,后宫少佳丽。当年国丈田弘遇曾给先帝进贡过一个叫陈圆圆的女子,美貌异常,乃稀世珍宝。但先帝当时拒绝了,田弘遇后来把她转赠给了吴三桂,现在就在吴三桂父亲吴襄的府上呢。"

李自成急忙命人去管吴襄要人。人为刀俎我为鱼肉,吴襄哪里敢不给,乖乖地就把陈圆圆给上缴了。李自成一见陈圆圆,果然是倾国倾城啊,宛若天人,既惊又喜,便命陈圆圆唱曲。陈圆圆唱完,李自成不大高兴,这个姑娘长得这么漂亮,怎么唱起歌来软绵绵没有力气呢?于是让其他歌伎来唱西北调子的民歌,唱得大家情绪激昂,血脉贲张,李自成忍不住还跟着打拍子。高兴处,回头问陈圆圆:"这曲子怎么样?"陈圆圆淡淡一笑:"此曲只应天上有,不是我等南方俗人能唱出来的。"李自成但见陈圆圆嫣然一笑,艳若桃花,说的话又跟调了蜜糖一样甜,心里真是熨帖,所以更加宠爱陈圆圆了。

还有一种说法是陈圆圆不是李自成抢去的,而是李自成的部下

陈圆圆：
乱世红颜垂千古

刘宗敏抢去的。《明史》中记载说，"闻爱姬陈沅被刘宗敏掠去，愤甚"；《清史稿》中也有类似记载，"三桂引兵西，至滦州，闻其妾陈为自成将刘宗敏掠去，怒"，讲的都是吴三桂"不负红颜负汗青"的历史性"壮举"！

吴三桂当年盘踞在大顺军与清军之间，虽是腹背受敌，但也是双方激烈争夺的军事力量。清军这边，皇太极在世的时候曾经与吴三桂过招，对他的勇猛与善战给予了充分的肯定，认为"若得此人，何忧天下！"明灭亡时，吴三桂的舅舅祖大寿、吴三桂十分佩服的英雄洪承畴都已经投降了清朝，他们也正在积极争取吴三桂的"倒戈"。吴三桂对此颇为犹豫，毕竟忠君爱国的观念在古人心里还是根深蒂固的，一时也不容易撼动。但现在崇祯死了，要不要归顺闯王，吴三桂心里一时还拿不定主意。

这个时候，李自成的劝降书适时地送到了吴三桂的面前。吴三桂打开一看，原来是大顺军让父亲吴襄修书劝吴三桂投降李自成。考虑到如果自己的投降能保一家周全，吴三桂决定联闯抗清，于是写了封归顺信派人火速送往京城。结果降表还没到京城，派去探听消息的人就纷纷回来禀报京城家里的情况。

吴三桂问："我家里还好吗？"探子说："已经被闯王抄家了！"吴三桂满不在乎："不要紧，等我回去就还我了！"又一个探子回来了，吴三桂问："我父亲还好吗？"对曰："已经被闯王抓去了！"吴三桂满不在乎："不要紧，等我回去就能放了！"接着又回来一个送信的。吴三桂问："陈夫人还好吗？"对曰："陈夫人被闯王抓去了！"

吴三桂这次没办法满不在乎了,他大怒,拔剑斩桌,"果真如此,我怎么还会归顺他?"于是冲冠一怒,改降清军。

另有一说是吴三桂本打算投降大顺,为表诚意,特意修书给李自成表示会效忠大顺王朝。结果信刚发出,就收到父亲的家书,说李自成部队在京城查抄富人之家,李自成部下刘宗敏不但搜刮家中财物,还把陈圆圆给抢走了。据说吴三桂当时正在吃饭,气得大呼:"大丈夫不能保一女子,何面目见人耶!"吴三桂觉得自己堂堂男子汉连最宠爱的姬妾都保护不了,还有什么面目立于天地之间?

当然,吴三桂并没有说自己是因为陈圆圆而决定反闯降清的,他找了很多"名正言顺"的理由,比如,"闯贼猖狂,逼死崇祯,父亲来劝我投降说明他已经不能做忠臣,那么我也没办法只顾着父亲的性命做个孝子而完全不顾苍生了!"言外之意,现在反对李自成的大顺朝,完全是为旧主报仇,为天下除害!

这些都是吴三桂的说法,对于大多数人来说,相信的都是吴梅村在《圆圆曲》中给出的说法:"恸哭六军俱缟素,冲冠一怒为红颜!"据说吴三桂后来想收买吴梅村,让他改一下这句诗,不要写得这么露骨,但被吴梅村拒绝了,所以吴三桂也没办法为自己正名。

问题的关键是在吴三桂被骂为"叛逆"和"反贼"的时候,陈圆圆很不幸地背上了"红颜祸水"的骂名,人们认为就是因为她的倾国倾城,搞得吴三桂神魂颠倒意乱情迷,所以吴三桂才倒戈投降,引清兵入关,断送了汉人的江山。但是,无论从广义的家国概念上来理解,还是从具体的军事形势来分析,或是从吴三桂不宜示人的私

陈圆圆小像

心来观察,吴三桂的降清都是大势所趋。陈圆圆只是诱发他做出决定的一个偶然因素,不是历史发展出现拐点的必然因素。

但是,人们的口诛笔伐从未停止,陈圆圆的人生也在大历史的光芒照耀下,显出了其别具韵味的深刻含义。

盛名永流芳

吴三桂降清，作为人质的吴三桂家人自然全成了牺牲品。李自成还将吴三桂的父亲吴襄的头颅挂在城楼上示众，只留下了陈圆圆一个人。据说李自成本来也打算杀陈圆圆的，但陈圆圆足智多谋，在李自成还没动手前，就跟李自成谈判。陈圆圆说现在吴三桂起兵就是因为自己，杀了她并无大碍，但就更激怒吴三桂了！李自成想想这个女人留在身边确实可以要挟吴三桂投降，而且陈圆圆长得太漂亮了，李自成也舍不得杀，所以就留了陈圆圆这么一个活口。

吴三桂此时已悲痛欲绝，杀父之仇夺妻之恨，不共戴天！但李自成手里兵多，自己单独杀回去肯定打不赢，所以便向多尔衮借兵复仇，打算先把陈圆圆抢回来再说。在吴三桂的规划里，"裂地以酬"是最科学、合理的方式，打完仗后，可以和清军以黄河为界，分而治之。这种想法基本上也是明亡之后南明政权保存实力的设想，所以南明一度称赞吴三桂是救国英雄。

但是，多尔衮老奸巨猾，筹划得并不这么简单。他先是答应吴三桂借兵，结果入了关之后，就逼着吴家军剃头改帜。这个时候，吴三桂后悔已经来不及了，清军已经入关，自己也对李自成宣战了，所以只能投降多尔衮，联清平闯。清军一路打，吴三桂一路跟着打到云南，私仇是报了，但明朝也亡了，他也因此在历史上落得个极为尴尬的地位。

叛主亡家，千古骂名，对于吴三桂来说，这场战争是没有任何

陈圆圆：
乱世红颜垂千古

胜利可言的。唯一让他欣慰的是，终于能够和陈圆圆重逢了。

其实在吴三桂还没打进北京城的时候，李自成本来打算带走陈圆圆，但陈圆圆对李自成说："妾身既然已经侍奉大王了，怎么会不想跟着大王一起走呢？但是吴将军会因为妾身的缘故，穷追猛打纠缠下去。"言外之意，这样下去，你自己也跑不了了。李自成有些不甘心，陈圆圆就说，我见到吴三桂会告诉他，不让他继续追赶大王了，也算是报答你的恩情。李自成一见陈圆圆脸色真诚，目光清澈，知道陈圆圆说的是心里话，所以才把陈圆圆留下，自己领人逃跑了。当然，也有一说，李自成带着陈圆圆一路逃到山西，吴三桂才在乱军中找到了自己的心上人，二人"恩爱如初"，从此过上了幸福的生活。

吴三桂帮助清军入关有功，被清廷封为"平西王"。陈圆圆跟着吴三桂入滇，专宠数十年，过上了真正意义上富裕安定的新生活。

吴三桂封王后，打算立陈圆圆为正妃，一则显示自己对圆圆的宠爱，二则安抚圆圆在战争中受伤的心灵。但陈圆圆坚定地拒绝了这个提议。她说："妾以章台陋质，谬污琼寝，始于一顾之恩，继以千金之聘。流离契阔，幸保残躯，获与奉匜之役，珠服玉馔，依享殊荣，分已过矣。"陈圆圆认为，自己出身风月，颠沛流离到今，能跟随吴三桂穿珠带玉，已经是三生修来的福气了。现在，吴三桂应该取门当户对的女子才对，自己做正妃，实在不合传统规矩。吴三桂百般劝慰，陈圆圆都婉言谢绝，拒不肯受，吴三桂没办法只好另立王妃。但吴三桂对陈圆圆的宠爱丝毫未受影响，陈圆圆不是王妃

却胜似王妃,府里上上下下都尊敬地称她为"陈娘娘"。

陈圆圆其人,虽不算饱读诗书,却对世事道理看得异常明白。吴三桂位高权重,自己出身卑微,如果被立为正妃,吴三桂必定受到大家的指责,而自己也如架在火炉上炙烤般受人非议,更需时时忍受府里争宠的痛苦。贵极而险,盛极而衰,物极必反,自己享受的已经很多了,应知进退明是非,顺势惜福,适可而止。

虽然陈圆圆想过清静的日子,但吴三桂的正妻却非常彪悍,要是哪位姬妾受宠了,她必要想办法将这个女子杀之而后快。陈圆圆幽居别院,虽不参与这份争宠,但还是很难见容于吴三桂的正妃,所以最后决定出家为尼。

吴三桂先前不同意,说如果圆圆你愿意,"正妃"的位子现在马上给你。陈圆圆摇头一笑,说自己不是这个意思,只是想找个地方清修,为王爷祈福长寿安康。吴三桂见陈圆圆情真意切,无奈之下,只得允许她带发修行。

陈圆圆出家的原因,表面上是因为年老色衰争宠失利,但实际上还有着更深刻的思想基础。首先,吴三桂其人天性好色,除了陈圆圆外,后来还纳了好几个姬妾,花天酒地,纵情声色。陈圆圆其人虽深明大义又冰雪聪明,但再懂事的女人,也难以遏制爱情世界里天然的排他性。所以陈圆圆离开吴三桂,跟吴三桂的感情不专多少有些关系。

另一方面,陈圆圆在政治理念上与吴三桂分歧较大。陈圆圆虽出身卑微,但算得上是个有胆有识的女人,甚至可以说是个胸怀大

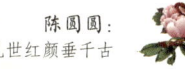

陈圆圆：
乱世红颜垂千古

志、深谋远虑的女人。分歧始于他们到达云贵之后对待永历帝的态度。清军攻入云南后，南明最后一位皇帝永历帝逃亡缅甸，陈圆圆劝吴三桂倒戈，跟反清复明的志士们一起拥护永历帝当皇帝，洗刷自己之前卖国叛主的耻辱。吴三桂非但没听陈圆圆的劝告，还在康熙元年把永历帝从缅甸抓回来，派人用弓弦把永历帝绞死了。对此，陈圆圆非常失望。

康熙十年，经过二十几年的发展，吴三桂的势力范围已经越来越大，陈圆圆看出他有谋逆之意，所以劝他不要造反。陈圆圆的理由是，当年我劝你造反，那是反清复明保护永历帝，你可以一雪前耻，如果光复大明你能名垂千古，即便战死沙场你也是英雄好汉。而今，你已经归顺清朝这么多年，现在造反不过就是为了争抢地盘扩大势力，起兵成功你是谋逆，起兵失败你又要再负叛主的罪名。但吴三桂不听，陈圆圆觉得非常失望，于是决定出家，说我长斋礼佛，为王爷你祈福吧。吴三桂一看陈圆圆心意已决，只得为陈圆圆修寺建庙，让她能够生活得更舒适些。

据记载，陈圆圆出家后，有时吴三桂因事震怒，仆从无人能劝时，便会悄悄跑去向陈圆圆求救。陈圆圆脚踩莲花飘然而至，只需淡淡说上一句，怎么又发火骂人？然后盈盈走来，倒上一杯热茶，吴三桂立刻长叹一声，与陈圆圆倾诉心事，不再胡闹。可见，陈圆圆虽已离家，但在吴三桂心里的地位还是极其重要的。陈圆圆一介女流又出身风尘，能在变幻莫测的历史漩涡中屡次脱身，其眼界、胸襟、智慧，都非寻常女子可比，所以吴三桂爱她敬她，也在情理

陈圆圆像

之中。可惜的是,吴三桂在两次重大历史关头,都没能听从陈圆圆的劝告,他在该造反的时候没有造反,在不该造反的时候却造反了,终致身败名裂,留下千古骂名。不得不说,这是吴三桂的悲剧,也是陈圆圆的遗憾。

康熙十二年(1673年),清朝颁布"削藩令",吴三桂名列其中。

康熙十七年(1678年),吴三桂自立为帝,起兵反清,封正房张氏为皇后,国号为周。

同年秋,吴三桂在行军中染病去世。吴三桂之孙吴世璠即位。

康熙二十年(1681年),吴世璠兵败自杀。陈圆圆香踪何处,从

陈圆圆：
乱世红颜垂千古

此再无可查。

关于陈圆圆最后的结局，一直是人们争议的热点。一说是陈圆圆在吴三桂死前便已仙逝。一说是陈圆圆得知吴三桂死讯后，投莲花池自尽殉情。还有一种说法是：陈圆圆和吴三桂的一儿一孙，被吴三桂的亲信马宝护送到了贵州某偏僻处落脚，从此过上了隐姓埋名的日子。吴氏子孙一为避难，二为感谢马宝，将此地改名为"马家寨"，族中后代尽皆姓"马"。跟其他几种结局相比，最后这种低调隐居的生活，算是陈圆圆最温暖而幸福的归宿了。

在"秦淮八艳"里，陈圆圆样貌最美，名气最大，但生活得最是颠沛流离，惊心动魄。她的一颦一笑，一言一行似乎都已被永载史册，但她真实的感情、思想、结局却又查无所查，觅无可觅。

也因此，生时，她是一段传奇；死后，她是一个传说。